RELIURE SERREE
Absence de marges
intérieures

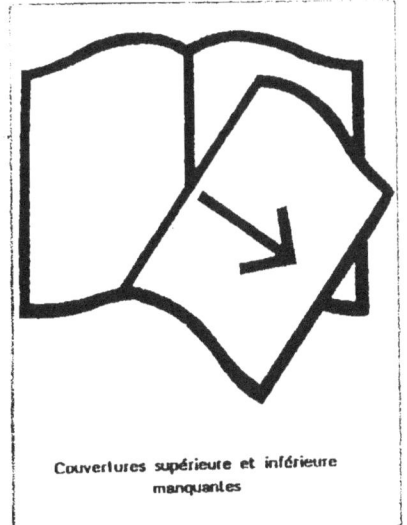

Couvertures supérieure et inférieure
manquantes

VALABLE POUR TOUT OU PARTIE DU
DOCUMENT REPRODUIT

Une famille parisienne

à Madagascar

COULOMMIERS

Imprimerie PAUL BRODARD.

ADOLPHE BADIN

Une famille parisienne

à Madagascar

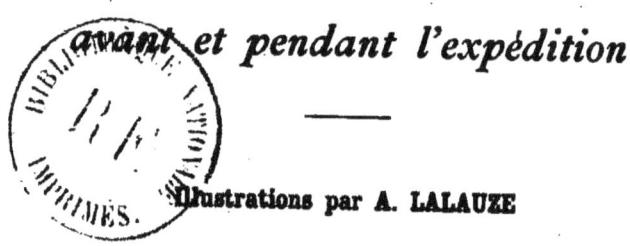

avant et pendant l'expédition

Illustrations par A. LALAUZE

PARIS

ARMAND COLIN ET Cⁱᵉ, ÉDITEURS

Libraires de la Société des Gens de lettres

5, RUE DE MÉZIÈRES

1897

Avant l'Expédition

CHAPITRE PREMIER

Une victime de la Bourse.

Il était près de huit heures lorsque Michel Berthier-Lautrec rentra. Sa femme commençait à s'inquiéter.

« Pourquoi ne vous êtes-vous pas mis à table sans moi? dit Michel avec humeur.

— Nous avons préféré t'attendre, dit Mᵐᵉ Berthier-Lautrec de sa voix douce. D'ailleurs, les enfants n'avaient pas faim, ni moi non plus.

— N'importe! Une fois pour toutes, je t'ai dit que je ne voulais pas qu'on m'attendît.

— Bien, mon ami. On ne t'attendra plus. Mon petit Henri, veux-tu sonner pour qu'on serve? »

Ce n'était pas la première fois que pareille scène de ménage se passait chez les Berthier-Lautrec. Depuis quelque temps, le caractère de Michel, plutôt gai, s'était aigri. Presque chaque soir il rapportait à la maison un front assombri, dînait sans prononcer une parole, puis, le café pris, il se levait de table et allait s'enfermer dans son cabinet, où il restait à veiller jusqu'à une heure avancée de la nuit.

Sa femme, qui l'adorait, souffrait de ce changement; mais elle feignait de ne pas s'en apercevoir, espérant d'ailleurs que ce n'était qu'un moment à passer, qu'un jour ou l'autre, l'ancienne égalité d'humeur de son mari reviendrait.

Ce soir-là cependant le front de Michel était si morose, ses yeux se dérobaient avec un parti pris si évident, comme pour empêcher d'y lire le secret des préoccupations qui le tourmentaient, que la pauvre femme n'y tint plus. Au risque de se faire rabrouer, elle alla, dès que les enfants furent couchés, rejoindre son mari dans son cabinet.

Comme il la regardait, surpris de cette visite inaccoutumée, elle ne lui laissa pas le temps de la questionner, et, passant derrière son fauteuil, elle lui glissa les bras autour du cou en disant :

« Écoute, Michel. Depuis dix-huit ans bientôt que je suis ta femme, est-ce que tu peux me reprocher d'avoir jamais manqué de confiance envers toi?

— Jamais! répondit Michel, remué par l'accent ému et tendre à la fois de sa femme.

— Eh bien! pourquoi n'agis-tu point de même à mon égard? Pourquoi manques-tu de confiance envers moi?

— Où as-tu vu cela? dit un peu brusquement Michel, en essayant de se dégager du collier caressant que lui faisaient les deux bras de sa femme.

— Laisse-moi encore un peu ainsi et réponds franchement. Pourquoi ne veux-tu pas me dire ce qui te rend si triste depuis quelque temps?

— D'abord où prends-tu que je sois plus triste qu'à l'ordinaire? Je n'ai jamais été bien gai de ma nature, et...

— N'essaie pas de me tromper, Michel. Je t'aime trop et depuis trop longtemps pour ne pas te connaître. Je sens parfaitement que tu as des préoccupations, des inquiétudes. Ces préoccupations, ces

Elle alla rejoindre son mari dans son cabinet.

inquiétudes, je te supplie de ne pas me les cacher plus longtemps.

— Je ne te cache rien du tout.

— Voyons! Tu as perdu de l'argent à la Bourse? Beaucoup d'argent? Nous sommes ruinés?

— Ruinés! Tu es folle!

— Si cela était, tu ne m'en verrais pas autrement

émue. Je m'arrangerais très bien de la pauvreté avec toi, et jamais tu n'entendrais de ma bouche le moindre reproche.

— Ma chère Marie! » fit Michel enfin désarmé, en se retournant pour serrer sa femme entre ses bras.

Voyant qu'elle gagnait du terrain, celle-ci continua à presser son mari de ses questions.

« Allons! Confessez-vous à votre femme. C'est donc difficile à avouer, ce gros secret?

— Tu as raison, Marie, répondit Michel, renonçant à résister davantage au charme enveloppant de la douce créature. Je n'ai pas à faire de mystères avec toi et tu vas savoir pourquoi je t'ai semblé ces derniers temps triste et préoccupé. Je voulais garder pour moi ces misères, sans réfléchir qu'un jour ou l'autre il faudrait bien te les apprendre. Nous ne sommes pas ruinés, tant s'en faut; et cependant tu avais deviné juste en supposant que notre fortune avait été sérieusement entamée à la suite de liquidations désastreuses en Bourse. Voici plus d'un an qu'une malchance persistante semble s'acharner sur moi. Il suffit que je me lance dans une affaire pour qu'elle tourne mal. Quelque bonnes que soient les valeurs sur lesquelles je prends position, un incident arrive à point nommé pour amener un revirement des cours et me voilà découvert. Ce matin encore une affaire excellente sur le Turc, dans laquelle l'homme le plus timoré n'eût pas hésité à s'engager les yeux fermés, s'est effondrée brusquement à la suite d'une dépêche de Londres que rien au monde ne pouvait faire prévoir. Ce dernier coup, je l'avoue, m'a accablé. Je n'ai plus le ressort nécessaire pour réagir et l'avenir me fait peur.

— Ce n'est que cela? dit la vaillante femme. Voilà le terrible mystère que tu me cachais? Grand enfant, va, qui perds courage pour une opération manquée! Je te croyais plus d'*estomac*, comme vous dites à la Bourse.

— De l'estomac! Je pensais en avoir autant qu'homme du monde. Depuis plus de vingt ans que je suis dans les affaires, j'ai eu souvent des différences considérables qui ne m'ont pas plus démonté que les gros bénéfices ne m'éblouissaient. Mais cette incroyable déveine qui ne me laisse aucun répit m'a cassé bras et jambes. Il y a des moments où j'ai envie de tout planter là et de m'en aller au bout du monde.

— Et moi? Et les enfants?

— Mais justement, c'est pour toi, c'est pour Henri et Marguerite que je me désole et que je m'inquiète. Qui sait si, moi disparu, la fatalité ne cessera pas de vous poursuivre?

— Tais-toi! Ne parle pas ainsi!

— A quoi vous suis-je bon, sinon à vous entraîner avec moi dans ma ruine?

— D'abord nous ne sommes pas ruinés, tu l'as dit toi-même. Et quand cela serait, au surplus? Tant que rien ne nous séparera les uns des autres, quoi qu'il arrive, nous ne pourrons jamais être malheureux. S'il nous faut réduire notre train de maison, vendre notre campagne de Nangis, nos chevaux et nos voitures, supprimer enfin de notre vie les dépenses de luxe et de fantaisie, eh bien! nous le ferons, en attendant des jours meilleurs. Tout cela n'est rien. Je n'ai donc pas su te faire comprendre ce que j'ai voulu être pour toi : la compagne, l'associée, l'amie, dont le rôle est de soutenir son mari dans la lutte de la vie, et, lorsque les jours sombres arrivent, de lui tendre les bras pour qu'il y repose son front fatigué?

— Chère femme! dit Michel. Tu es mon courage et ma force. Je te promets de n'avoir plus de défaillance. Dès demain je me remets à la besogne. Espérons que le sort se lassera de s'acharner sur moi.

— Et dorénavant, dit Marie en levant le doigt avec un gracieux geste de menace, plus de secrets entre nous, n'est-ce pas?

— Jamais plus! » répondit Michel en baisant le petit doigt rose, comme pour sceller l'engagement qu'il prenait.

CHAPITRE II

Lettre d'un revenant.

Quelques jours après, Michel Berthier trouva dans son courrier du matin la lettre suivante :

Manakarana, province du Boueni, Madagascar,
17 août 1892.

Mon cher Michel,

C'est un revenant qui t'écrit. Tu ne te souviens peut-être plus de ce cerveau brûlé d'oncle Daniel qui fut, de tout temps, l'épouvantail de la famille? Si par hasard tu ne m'as pas complètement oublié, tu dois penser que je dors depuis belles années au fond de quelque trou tropical, sous une latitude extravagante. Quant à moi, j'ai conservé un souvenir très précis de ta physionomie, et il me semble que je te reconnaîtrais tout de suite si je me trouvais nez à nez avec toi, bien qu'il y ait quelque chose comme vingt-huit ans, si je sais compter, que nous nous sommes quittés. Je te vois encore avec ton képi et ta tunique de collégien et je t'entends me questionner avidement sur les « pays de sauvages » que j'avais déjà visités. Tu étais à peu près le seul qui paraissais t'intéresser à l'éternel voyageur, au Juif errant de la famille; c'est pour cela probablement que j'ai emporté de toi une meilleure impression que des autres. Ce n'est pas, du reste, que j'aie gardé rancune à tous ces braves gens qui me jugeaient d'après leurs idées européennes. Toi, grâce à ton âge, tu n'écoutais que ton instinct; et ton instinct te disait que je n'étais pas l'original excentrique et égoïste que tout le monde imaginait autour de toi. Peut-être, il est vrai, si tu avais eu quelque dix ans de plus, ne m'aurais-tu pas jugé moins sévèrement que tes parents. Quoi qu'il en soit, avant de te faire part du motif de cette lettre, il faut que tu saches tout d'abord ce que je suis devenu depuis que tu n'as entendu parler de moi. Après avoir fait l'élevage des bœufs et des moutons en Australie pendant de longues années avec des fortunes diverses, j'allai au Japon pour le compte d'une forte maison d'opium de Calcutta, puis à Bangkok où je gagnai pas mal d'argent dans le commerce des bois. En mai 1883, un peu las d'avoir roulé du nord au sud et de l'est à l'ouest, je rentrais en France avec un magot de taille raisonnable, lorsque les hasards d'une relâche forcée en rade de Diégo-Suarez me donnèrent l'idée d'explorer les parties les plus intéressantes de l'île de Madagascar. Je n'avais point annoncé mon retour en France et personne ne m'attendait; j'étais donc parfaitement libre d'interrompre mon voyage à mon gré. Je l'interrompis. J'avais la chance de tomber dans la bonne saison, la saison sèche; je pus donc visiter l'île presque d'un bout à l'autre dans les meilleures conditions. Au cours de mes excursions j'eus maintes fois l'occasion de remarquer des richesses naturelles de toute sorte qui demeuraient stériles et improductives par suite du manque de bras et de voies de communication. Après avoir passé quelques semaines à Tananarive, la capitale, je regagnai la côte occidentale par Majunga et Manakarana où, à la suite d'une imprudence, je tombai gravement malade de la fièvre. Heureusement pour moi, je fus très bien soigné par un ancien chirurgien de marine de passage dans la région, et j'eus la chance de me rétablir assez vite. Une fois convalescent, en attendant le prochain bateau de Maurice, j'employai mes loisirs forcés

Michel lit la lettre de l'oncle Daniel.

à battre les environs. Là encore je fus frappé des ressources merveilleuses qui demeuraient inexploitées. Et, comme je ne pouvais me retenir de gourmander à ce propos les amis que j'avais à Manakarana, ceux-ci m'offrirent aussitôt de me faire apporter contre une rétribution insignifiante tous les produits naturels ou autres de la région, si je voulais me charger d'en trouver le placement. Je n'étais pas venu à Madagascar pour faire le commerce ; j'hésitai donc longtemps ; mais enfin, sur les instances répétées de mes amis, je cédai. Bientôt le bruit

se répandit de village en village qu'un *vazaha* (c'est le
nom qu'on donne aux étrangers à Madagascar) établi à
Manakarana achetait toutes les productions du pays,
quelles qu'elles fussent. En moins d'un mois, je fus
envahi, débordé. Tout ce qui était susceptible d'être
acheté dans un rayon assez étendu m'arriva à la fois :
caoutchouc, gomme copal, bois d'ébène et de palissandre, maïs, riz, orseille, pois du Cap, cire, vanille,
cuirs de bœuf salés et jusqu'à des tortues de terre pesant
de trois à cinq kilos. Je fus obligé d'improviser des dépôts
provisoires, de louer ou d'acheter toutes les cases qui se
trouvaient disponibles autour de moi. Au lieu d'argent,
mes vendeurs indigènes préféraient être payés en denrées de provenance européenne. Or, une heureuse coïncidence voulut qu'à ce moment même un brick de commerce du port de Marseille, chargé précisément d'articles
d'échange, le *San Thomé*, capitaine Marius Richard, à
destination de Port-Natal, dût relâcher à Majunga en
attendant la fin de je ne sais quelle épidémie qui rava-
geait la côte orientale sud d'Afrique; cette épidémie
menaçant de se prolonger, le capitaine cherchait à se
défaire de sa cargaison à n'importe quel prix, afin de
pouvoir regagner son port d'attache dans les délais voulus.
C'était justement mon affaire, j'achetai le tout en bloc et,
comme je payais comptant, je l'eus pour peu de chose. Je
me trouvai ainsi à la tête d'un stock considérable de
faïence, de quincaillerie, de verroteries, d'armes à feu,
de poudre de chasse, de miroirs, de colliers en cornaline,
de toiles de Madapolam, de toiles écrues d'Amérique, de
guinées de l'Inde, de tissus imprimés, etc., qui me permit
de régler en empochant des bénéfices considérables mes

opérations avec les indigènes. En même temps, le capitaine Marius Richard me proposa de m'acheter une
partie de mes marchandises du pays, pour constituer
au *San Thomé* un chargement de retour. Seulement les
habitudes de la maison Tallard, Breton et Cie, pour le
compte de laquelle il naviguait, étaient de n'effectuer ses
paiements qu'à trois mois. Je ne connaissais ni la maison

Un brick de commerce dut relâcher à Majunga.

Tallard, Breton et Cie, ni le capitaine Marius Richard ;
je risquais donc gros en acceptant. Je n'hésitai pas
cependant. Sous ses allures volontiers bruyantes, surtout quand il avait bu sa double ration de rhum, j'avais
deviné que Marius Richard était un très honnête homme.
Je ne devais pas me repentir d'avoir eu confiance en lui ;
car à la date fixée je reçus mon argent. En attendant,
j'avais écoulé presque entièrement mon stock d'articles
d'échange européens ; et simultanément un nouvel approvisionnement de produits indigènes m'avait été apporté
de plus de vingt lieues à la ronde. J'écrivis alors à
la maison Tallard, Breton et Cie, pour lui proposer de

faire avec elle une nouvelle opération dans les mêmes
conditions que la première, en stipulant que la cargaison
du nouveau bateau à moi destiné serait composée des
articles qui m'étaient le plus demandés, à savoir :
outre les porcelaines, les faïences, la verrerie, la mer-
cerie, la quincaillerie, la bimbeloterie, la bijouterie, les
articles de Paris, qui sont de vente courante, des toi-
leries diverses imprimées et unies — pas les trop belles
qualités, car celles-ci s'écoulaient plus difficilement, —
des vins et des spiritueux divers, champagne, amers,
absinthe, etc., des médicaments, de l'huile d'olive, du
savon, du sel marin de Marseille, du sucre raffiné, des
conserves alimentaires et autres comestibles du même
genre. Cette seconde opération m'ayant rapporté les
mêmes bénéfices que la première, j'en fis une troisième,
puis une quatrième, toujours avec la même maison ; si bien
que pendant huit ans le *San Thomé* accomplit plusieurs
voyages par an pour m'apporter une pleine cargaison
d'articles d'échange, qu'il remplaçait par une autre cargaison, non moins pleine, de produits malgaches. Enfin,
il y a deux ans, la maison Tallard, Breton et Cⁱ° ayant
liquidé, j'achetai le *San Thomé* pour mon propre compte,
et le brave Marius Richard passa à mon service.

Depuis ce moment, mes affaires ont pris un développement qui ne peut que s'accroître dans l'avenir. Malheureusement je commence à me fatiguer, et je prévois
que d'ici quelques années je serai forcé de m'arrêter. En
même temps je me demande pourquoi je me donne la
peine de travailler ainsi, et pour qui. Si encore j'avais
quelqu'un, un enfant, un parent quelconque, pour partager avec moi la direction et les bénéfices de ma maison

de commerce, et la reprendre plus tard, quand je ne serai décidément bon à rien! C'est alors que j'ai pensé à toi, mon cher Michel. Si rien ne te retient en France, pourquoi ne viendrais-tu pas me retrouver ici, où ton avenir serait assuré et où, dès à présent, tu pourrais compter sur une existence des plus larges et des plus agréables? Quand je pense à la vie mesquine que vous menez là-bas, alors même que votre fortune vous permet un certain luxe; et surtout au milieu de quelles tracasseries, de quelles vexations de tout genre vous vous débattez, j'en hausse les épaules de pitié. Et dire que si j'avais écouté mes parents, qui certes ne voulaient que mon bien, mais dont la nature timorée s'effarait de la moindre initiative, je serais sans doute aujourd'hui un sous-chef de bureau en retraite, ou un ancien commerçant retiré des affaires, avec trois mille francs de revenus amassés péniblement à force d'économies et de privations! Et encore rien de moins certain. Avec mon humeur indépendante, il est probable que je n'aurais fait que des bêtises, et que je serais devenu une espèce de meurt-de-faim, inutile ou plutôt nuisible aux autres et à moi-même; tandis qu'aujourd'hui j'ai un comptoir d'échanges qui me rapporte bon an mal an, presque sans risques sinon sans peine, une soixantaine de mille francs, et mon compte à la banque Roux et Frayssinet frères s'élevait à la fin du mois dernier à deux millions tout ronds qui ne demandent qu'à faire des petits. Avec un peu plus de fatuité, je pourrais me dire en outre que j'ai créé dans un pays perdu, ou à peu près, un établissement qui n'est pas sans intérêt, et travaillé dans mon petit coin au développement du commerce et de la prospérité de la France. Ah!

pourquoi manquons-nous si souvent, nous autres Français, de cet esprit d'initiative qui fait la fortune de tant
d'Anglais, d'Américains, d'Allemands même? Je crois
bien que si par aventure je me trouvais en ce moment
à Paris, j'aurais des envies folles d'arrêter les passants
sur le boulevard pour leur crier : « Qu'est-ce que vous
faites là, espèces de serins, à vous promener la canne
à la main, en vous plaignant que les alouettes ne viennent pas vous tomber toutes rôties dans la bouche?
Vendez bien vite tout ce que vous avez, mettez votre
argent dans un portefeuille, ledit portefeuille dans la
poche de côté de votre veston, et courez à Marseille
vous embarquer sur le premier bateau pour Madagascar.
C'est la fortune à bref délai pour vous et pour les
vôtres. Seulement n'attendez pas qu'il soit trop tard.
Si vous ne vous hâtez pas, vous trouverez la place prise,
et ce sera tant pis pour vous. »

Ne crois pas que j'exagère, mon cher Michel. C'est
peut-être le salut de notre pays que cette question de
l'expansion coloniale. En France, on passe son temps à
s'entre-dévorer pour des misères, des mots, des uto-
pies, ou pour des convoitises, pour des appétits. Au
lieu d'ouvrir la porte toute grande aux efforts indivi-
duels, vous ne savez quelles barrières inventer pour les
refouler; au lieu de chercher à vous entendre pour
vaincre les difficultés sociales, vous en inventeriez plutôt
d'imaginaires. Aussi aboutissez-vous à de jolis résultats :
aux scandales de Panama, de Cornelius Herz, du baron
de Reinach! Vous vous donnez un mal du diable pour
arriver à fabriquer des bacheliers; et qu'est-ce que vous
en faites ensuite? Des oisifs forcés, que la lutte pour la

vie sur le sol natal trop encombré élimine et étouffe, ou
des déclassés que trop souvent la faim pousse au crime.
Envoyez-nous tous ces gens-là; nous vous rendrons des
hommes honnêtes et utiles qui auront gagné une fortune
à leurs enfants, tout en ajoutant au domaine colonial de la
France. Le voilà, le moyen de vous sauver de votre pour-
riture! La voilà, la vraie solution de la question sociale!

Mais je m'emballe, moi, et les feuillets s'entassent sur
les feuillets. Il est vrai qu'une fois n'est pas coutume,
et que je ne t'ai jamais beaucoup fatigué de ma prose.
Enfin je me résume et j'en reviens à ma proposition. Je
ne sais pas quel est l'état de tes affaires. Je m'imagine
seulement qu'à sa mort, mon pauvre Victor, ton père,
n'a guère dû te laisser qu'une aisance à peine suffisante
pour vivre, comme celle qu'on peut acquérir à Paris
après trente ou quarante ans passés au service de
l'État. Il me semble bien aussi me souvenir que tu
devais entrer dans la banque ou dans l'industrie. Enfin,
n'importe! De deux choses l'une : ou tu es riche,
heureux, bien posé, et alors déchire ma lettre et n'en
parlons plus ; ou ta situation, au contraire, est plutôt
modeste, aléatoire, rien moins que brillante. Dans ce
cas fais tes paquets et viens me rejoindre au plus vite.
Si tu as un capital disponible, je t'offre de te prendre
tout de suite comme associé et de t'abandonner ensuite
l'affaire le jour où je me retirerai; si tu n'as pas le sou,
tu entreras chez moi comme employé privilégié avec une
large participation aux bénéfices, et, pour l'avenir, tu
n'auras pas à regretter de m'avoir écouté. Réponds-moi
le plus tôt possible, j'aime les choses qui ne traînent pas.
Prends cependant le temps de réfléchir. Si par hasard le

commerce ne te dit rien, il y a ici d'autres voies ouvertes à l'activité des gens qui ne craignent pas leur peine, l'agriculture par exemple. Évidemment toutes les parties de l'île ne sont pas également fertiles. A côté de forêts magnifiques, de plateaux propices à la culture et qu'il serait aisé de rendre admirablement productifs, on trouve des terrains complètement arides, avec un sol ingrat, rocailleux, d'où l'on ne saurait rien tirer. Mais, en somme, avec ses bons et ses mauvais côtés, Madagascar, qui a une superficie plus grande que celle de la France, nous offre autant de chances d'avenir, au moins, que les meilleures de nos colonies. Une difficulté, il est vrai, qui retardera longtemps encore le développement de l'île, c'est le manque de bras. Dans la région que j'habite, notamment, les indigènes sont d'un caractère nomade et se soucient peu de cultiver la terre; pour les remplacer, on est obligé d'aller chercher des travailleurs en Afrique, et jusque dans l'Inde. L'absence de voies de communication praticables pour relier entre eux et aux ports principaux les divers centres de production est également un obstacle sérieux. Mais tout cela pourra s'arranger à la longue; c'est une simple affaire de temps et d'argent. La preuve en est qu'on compte déjà à l'intérieur de l'île un certain nombre d'exploitations en pleine prospérité et d'un rendement merveilleux. J'ai eu occasion de voir dans le Sud des plantations de café, de canne à sucre, de coton, de vanille et de tabac qui étaient tout simplement admirables. Il y a aussi des forêts de caoutchouc en pleine exploitation, à côté d'autres bois immenses où se trouvent des arbres d'essence supérieure, aptes à toutes sortes d'usages, comme

l'ébène, le palissandre, le bois de rose, le tamarin, et
d'autres arbres propres au pays. Ajoute à cela l'élevage
des bêtes à cornes et des bêtes à laine, qui se fait dans
des conditions tout particulièrement favorables ; et des
mines de cuivre, de fer, de plomb argentifère, d'argent
et d'or, comme l'exploitation aurifère
de M. Suberbie, dans la région du
Betsiboka et de l'Ikopa, au-dessous de

Élevage des bêtes à cornes (zébu, bœuf de Madagascar).

Mevatanana. Tu n'auras donc que l'embarras du choix,
si tu préfères l'industrie, ou la culture, au commerce.

Quant aux habitants du pays, ils n'aiment guère le
travail, mais ils sont doux et faciles à vivre. Il y a bien
quelques bandes de maraudeurs — on les appelle des
Fahavalos, — mais ils ne s'attaquent qu'aux gens isolés
et désarmés. Enfin les autorités de l'île ne sont guère
gênantes, surtout à la distance où nous sommes de la
capitale. De temps à autre on voit apparaître un particulier couleur de pain d'épice et habillé comme un

général anglais ou comme un chef de gare; c'est le gouverneur hova de la ville voisine qui vient essayer de
mettre son nez camard dans vos affaires. Mais avec quelques pièces de cent sous en argent et deux ou trois litres,

De temps à autre on voit apparaître le gouverneur hova.

de rhum on a raison assez facilement des velléités vexa-
toires de ce vilain monsieur. Reste le climat. Pas fameux,
le climat, surtout sur la côte et pendant les six mois de
la saison pluvieuse, de novembre à mai. Mais il ne faut
pas exagérer, non plus. En somme, j'ai vu des Européens
établis depuis des vingt et des trente ans aux Indes et

dans l'Extrême-Orient, où il fait beaucoup plus chaud
qu'à Madagascar, et qui ne s'en portaient pas plus mal.
A plus forte raison peut-on vivre, et vivre très vieux,
ici, à condition de se garder du voisinage des marais et
des eaux stagnantes et de ne pas s'exposer directement
aux rayons du soleil qui sont mortels. En adoptant le
casque colonial de moelle de sureau, les costumes de
laine blanche, les manteaux de caoutchouc ; en ne faisant
qu'un usage extrêmement modéré des alcools ; enfin en
observant avec soin toutes les pratiques hygiéniques,
on n'a pas grand'chose à craindre, sauf bien entendu le
chapitre des accidents toujours possibles. La meilleure
preuve, c'est que depuis dix ans ma seule maladie a été
l'attaque de fièvre qui fut la cause première de mon
installation à Manakarana et qu'avec mes soixante-deux
ans bien sonnés j'ai encore, Dieu merci ! bon pied, bon
œil, bonnes dents et bon estomac. Tu vois que la proposition que je te fais de venir vivre avec moi n'offre guère
que des avantages. Ne te décide pas toutefois sans y
avoir réfléchi mûrement. Je n'ai pas besoin d'ajouter
combien ton acceptation me rendrait heureux. Tu es à
toi seul toute ma famille, que je sache, et je ne voudrais
pas partir pour mon dernier voyage sans t'avoir revu.
Aussi le jour où j'assisterai à ton débarquement sur
notre petite plage, en face de mon comptoir, je
t'embrasserai de bon cœur, tu peux en croire ton vieil
oncle affectionné.

DANIEL BERTHIER-LAUTREC.

P.-S. — J'y pense, en me relisant. Depuis le temps
que je n'ai entendu parler de toi, peut-être t'es-tu marié,

peut-être as-tu des enfants. Si cela est, amène tout ton monde avec toi ; la place ne manque pas ici, et plus j'aurai de neveux, de nièces, de petits-neveux et de petites-nièces à aimer et à dorloter, plus je serai content.

CHAPITRE III

Départ pour Madagascar.

Cette réapparition inattendue d'un oncle qui n'avait point donné signe de vie depuis si longtemps surprenait Michel au lendemain même de ses récentes déconvenues en Bourse. Un instant il se demanda s'il n'était pas l'objet de quelque mystification, ou bien si un hasard tout à fait invraisemblable n'avait point mis le vieux Daniel au courant de sa situation exacte. Comment imaginer cependant qu'à cinq mille kilomètres de Paris le colon-négociant de Manakarana eût pu deviner ce que Michel avait si soigneusement caché à ses plus intimes amis?

C'est à peine, du reste, si Michel se rappelait cet oncle Daniel. Vingt-huit ans d'absence ne laissent pas de jeter dans les mémoires les plus fidèles une ombre assez épaisse. Il lui fallut faire un gros effort de réflexion pour se représenter un homme de grande taille, haut en couleur, dont les allures quelque peu fantaisistes l'avaient frappé jadis, en raison surtout du contraste formel qu'elles offraient avec les manières réservées jusqu'au scrupule de son père. Il se souvint aussi que le voyageur lui avait témoigné beaucoup de sympathie, et raconté très patiemment ses lointains voyages.

Quant à la proposition en elle-même, si affectueusement qu'elle fût formulée, elle lui parut au premier abord extravagante. Il était de ces parisiens qui ne s'imaginent pas qu'on puisse vivre ailleurs qu'à Paris. Il ne se voyait pas du tout dans le rôle classique du colon, tout de blanc habillé avec un gigantesque chapeau de paille, fouaillant à coups de fouet une équipe de travailleurs noirs comme des taupes et nus comme des vers. Jamais d'ailleurs il ne s'était occupé de culture, grande ou petite, et à peine eût-il été capable de distinguer un pied de haricots d'un pied de petits pois. Le commerce ne lui était guère moins étranger ; et, quant aux mines d'or, d'argent ou de n'importe quoi, il ne les connaissait que pour avoir joué dessus à la Bourse. Dans ces conditions, qu'eût-il été faire à Madagascar, loin de tout ce qui avait été jusque-là ses occupations, ses goûts, sa vie en un mot?

Il remuait toutes ces réflexions lorsqu'un léger coup frappé à la porte de son cabinet le rappela à la réalité. C'était M⁰ Berthier qui, prise d'inquiétude en entendant son mari marcher à grands pas, accourait s'assurer si quelque nouvel incident fâcheux ne venait pas troubler encore une fois la paix de leur intérieur. Ses inquiétudes à peine apaisées par l'explication qu'elle avait eue avec Michel, allait-elle être forcée de trembler de nouveau pour l'avenir et de voir se rassombrir le front de l'homme qu'elle aimait si tendrement?

« Tu arrives à propos, Marie! dit Michel en montrant à sa femme la lettre restée ouverte sur le bureau. Tiens! lis : tu vas bien rire. »

Mme Berthier lut les nombreux feuillets du vieux Daniel; mais, à la surprise de Michel, cette lecture sembla vivement l'intéresser.

« Comment trouves-tu ce brave homme d'oncle qui nous attend tranquillement par le premier bateau dans son pays de caïmans? demanda celui-ci.

— Eh bien! mais, répondit Marie Berthier, ne parlais-tu pas toi-même, il y a quelques jours à peine, d'aller au bout du monde pour fuir la déveine qui semblait s'acharner ici sur toi?

— Ce sont des paroles en l'air qu'on laisse échapper sans réflexion dans un moment de découragement et de folie, et qu'on oublie une heure après.

— A en croire ton oncle, ce pays de Madagascar offrirait des chances sérieuses de fortune à ceux qui auraient le courage d'y aller voir.

— Si j'étais plus jeune, je ne dis pas que je ne me laisserais pas tenter.

— Bah! On est jeune tant qu'on a la force et la santé.

— Oui, mais quand on a femme et enfants on n'a pas le droit de se lancer dans de semblables aventures.

— Oh! ce n'est jamais moi qui t'empêcherais de faire ce que tu jugerais utile. Si tu te décidais un jour à quitter Paris...

— Tu me laisserais aller à Madagascar?

— Sans moi, non; mais j'irais très bien avec toi.

— Tu ne parles pas sérieusement?

— Très sérieusement.

— Tu partirais avec moi bras dessus bras dessous pour Tananarive, comme s'il s'agissait de Saint-Germain ou de Fontainebleau?

— Parfaitement, les yeux fermés.

— Et tes enfants?

— Qui nous empêcherait de les emmener? Henri aura dix-huit ans le mois prochain; Marguerite vient d'en avoir seize; ils sont tous les deux bien portants et ne courraient certainement pas plus de risques que nous-mêmes.

— Mais alors, vraiment, tu me conseilles d'accepter la proposition de l'oncle Daniel?

— Je ne te conseille ni de l'accepter, ni de la refuser. Je t'engage seulement, avant de prendre un parti, à réflé-chir mûrement; voilà tout. Ce que tu auras décidé sera bien; seulement, si tu pars je pars avec toi.

— Mais, ma pauvre Marie, te doutes-tu de ce que peut être pour une femme de se voir brusquement arrachée à son intérieur, à ses amis, au pays qu'on n'a jamais quitté pour ainsi dire, au climat même auquel on est habitué depuis l'enfance?

— Hésiterais-tu cependant à quitter tout cela, s'il le fallait? Non. Pourquoi donc aurais-je moins de courage? N'est-ce pas mon devoir, d'ailleurs, de te suivre? et, en même temps, n'est-ce pas le parti le plus raisonnable et le plus sage? Où que nous allions, ne trouverons-nous pas toujours le moyen de nous créer un nouveau foyer, moins élégant, moins confortable sans doute que le nôtre, mais qui nous suffirait, puisque nous serions ensemble?

— Tiens! tu es un ange, Marie, et tu me donnerais presque envie d'accepter, pour avoir la joie de te voir

sous cet aspect de maîtresse de maison malgache dans
une case en paillote, avec, pour tout personnel, deux ou
trois négresses habillées à peu près uniquement de leurs
cheveux graisseux, et quelques négrillons dévorés de vermine ! »

Mais Michel avait beau railler, l'idée du départ ne
quittait plus son esprit. Quel soulagement s'il pouvait
rompre pour toujours avec les tracas qui le poursui-
vaient depuis si longtemps et recommencer sa vie dans
des conditions toutes nouvelles ! La bonne grâce avec
laquelle sa femme envisageait la perspective de ce changement radical d'existence avait donné comme un coup
de fouet à son irrésolution. Se montrerait-il moins cou-
rageux qu'elle ?

A force d'y penser, cette expatriation, qui tout d'abord
lui avait paru absurde, commençait à prendre à ses yeux
des couleurs plus acceptables. Après tout, pourquoi ce
qui avait réussi à son oncle et à tant d'autres ne lui
réussirait-il pas à lui-même ?

Il s'habitua de plus en plus à cette idée, sans en reparler
encore à sa femme. Peut-être attendait-il que celle-ci
revînt la première sur ce sujet ; mais Mme Berthier semblait mettre de la malice à ne plus vouloir se souvenir
de leur dernière conversation ; elle feignait même de ne
point s'apercevoir que son mari sortait beaucoup moins
maintenant, et qu'il lisait beaucoup plus, principalement
des brochures sur les questions coloniales et sur Madagascar.

Un matin Michel demanda d'un air indifférent à sa
femme si elle était toujours dans les mêmes dispositions
au sujet de l'offre de l'oncle Daniel.

« Toujours, répondit-elle en réprimant un léger sourire. Comme je te l'ai dit, je suis prête à partir avec toi,
ou à rester ici, selon ce que tu auras résolu. La seule
chose à laquelle je me refuse, c'est de nous séparer.

— Comme tu ne me parlais plus de ce départ, je sup-
posais que peut-être tu avais renoncé à le prendre au
sérieux.

— Je n'ai renoncé à rien du tout. Mais toi-même,
es-tu donc décidé?

— Ma foi! presque.

— Bien vrai?

— Bien vrai!

— Alors je n'ai plus de raison de te cacher que j'en
suis ravie. Je ne voulais pas t'influencer; mais ça aurait
été pour moi une grosse désillusion, si finalement tu
n'avais pas pu te résigner à quitter Paris.

— Voilà qui est singulier, par exemple! Car enfin
c'est pour toi surtout que je redoutais cette grave résolution. J'étais loin de penser que tu serais la première à
l'accepter de bon cœur.

— C'est que tu ne te doutes pas combien j'ai souffert
des transes continuelles que m'occasionnait ton métier
de spéculateur. Oh! cette Bourse, que de nuits blanches
elle m'a fait passer! A chaque liquidation, je te voyais
si agité, si nerveux, que je tremblais pour notre situation,
pour l'avenir de nos enfants. Aussi la pensée que tu pouvais en finir une fois pour toutes avec cette dangereuse
profession a-t-elle été pour moi une véritable délivrance;
et ce départ pour Madagascar sera le bienvenu, puisqu'il
mettra un terme définitif à toutes mes inquiétudes. »

A partir de ce jour, les ouvrages spéciaux sur la grande

île, qui s'étaient glissés timidement jusque-là par la porte entre-bâillée du cabinet de Michel, s'étalèrent ouvertement sur son bureau, voire sur la table du salon. Flacourt, Grandidier, Laverdant, Leguevel de Lacombe,

Michel consulte les ouvrages spéciaux sur la Grande Ile de Madagascar.

le père Abinal firent successivement leur apparition, avec les cartes du Ministère de la Marine et du père Roblet.

Michel passait maintenant de longues journées à la Bibliothèque Nationale ou dans les bureaux des Colonies, pour contrôler et compléter son stock de renseignements. Et le soir, autour de la lampe de famille, on ne parlait plus que des machines à décortiquer le riz, des meilleurs procédés de culture pour le café, ou de l'art de conserver

les bœufs et les moutons par la congélation. Mis au courant des projets de leurs parents, les enfants avaient
sauté de joie; loin de les effrayer, la perspective d'un
long voyage dans des pays si peu connus les ravissait.

Enfin un beau jour Michel, tout à fait décidé, écrivit à
son oncle Daniel Berthier en son comptoir de Manakarana, province du Boueni, Madagascar, qu'il le remer-
ciait de ses affectueuses propositions, et qu'il était disposé à les accepter.

Un mois plus tard, jour pour jour, une dépêche lui
arrivait par la voie de Mozambique et Aden : l'oncle,
enchanté de la décision de son neveu, l'attendait impatiemment avec sa famille.

Si Michel avait hésité quelque temps avant de prendre
son parti, il ne fut pas long en revanche à faire ses dispositions de départ. En moins de six semaines il eut réglé
toutes ses affaires, résilié le bail de son appartement,
vendu son mobilier, ses chevaux, sa voiture, sa maison
de campagne de Nangis. Tout son capital réalisé, il le
déposa au Comptoir d'Escompte, le seul établissement
français qui ait des succursales à Tamatave, à Tananarive
et à Majunga, ce qui lui permettait de garder son argent
à sa disposition, sans courir aucun risque.

Le 9 avril 1893, Michel Berthier prenait congé de ses
amis de Paris et partait par l'express de Marseille avec
sa femme et ses deux enfants. Trois jours après, le 12,
à quatre heures du soir, il embarquait sur l'*Ava*, des Messageries Maritimes, à destination de Tamatave.

CHAPITRE IV

L'oncle Daniel chez lui.

Naguère, par la voie du Cap de Bonne-Espérance, le
trajet de Marseille à Madagascar ne durait pas moins de
trois mois; aujourd'hui, par le canal de Suez, il dure
vingt-quatre ou vingt-cinq jours seulement. C'était la
première navigation des jeunes Berthier-Lautrec; aussi
fut-elle un véritable enchantement pour eux, d'autant
plus qu'à part un coup de vent assez fort qui vint assaillir
l'*Ava* à la sortie du golfe d'Aden, le temps se maintint
au beau fixe pendant toute la traversée. Le vingt-qua-
trième jour de son départ du quai de la Joliette, le
paquebot s'engageait dans un étroit chenal pratiqué à
travers la ligne des brisants qui bordent la côte nord-est
de Madagascar et faisait majestueusement son entrée en
rade de Tamatave.

Après une semaine de repos au Grand Hôtel de Tamatave, qui ne rappelle que de très loin celui du boulevard
des Capucines, nos voyageurs montèrent dans des *filan-*

zanes — sortes de palanquins malgaches formés d'une chaise en cuir suspendue entre deux longs brancards de bois, avec un dossier et une planchette pour les pieds, — en compagnie de quarante-quatre porteurs, ou *bourjanes*, dont huit pour chaque filanzane, la relève comprise, et douze pour les bagages.

La distance qui sépare Tamatave de Tananarive est de deux cent quatre-vingt-deux kilomètres (quatorze de moins que la distance de Paris à Boulogne). La route, ou plutôt le sentier, traverse successivement trois zones très distinctes les unes des autres : la première formée de grandes plaines sablonneuses et malgré cela merveilleusement cultivées et plantées d'arbres superbes, la seconde tout entière en forêts, la troisième enfin, celle des hauts plateaux, des pâturages et des terrains miniers. La petite caravane ne mit que huit jours à faire le trajet, vivant des provisions de route emportées par les bourjanes et couchant la nuit dans les cases des indigènes.

La première visite de Michel Berthier, en arrivant à Tananarive, fut pour le Résident général de France, qui s'empressa de lui obtenir une audience du Premier Ministre. Fort gracieusement accueilli par Rainilaïarivony, Michel croyait déjà sa cause gagnée, mais il ne connaissait pas la politique de dissimulation et d'atermoiements des Malgaches. Quinze jours, un mois se passèrent sans qu'il vît rien venir. Il retourna à la Résidence Générale, où on l'exhorta fort à prendre patience. Désespérant d'aboutir, il changea de tactique et, sur le conseil d'un colon établi depuis longtemps à Tananarive, il distribua sans compter de larges commissions à l'entourage du Premier Ministre. Très peu de jours après, il recevait des mains mêmes de l'illustre Rainilaïarivony une expédition en malgache et en français d'un contrat qui lui concédait, au nom de la Reine, un territoire de quarante mille mètres carrés de superficie, sur la côte nord-ouest de l'Ile, entre la baie de Narinda et le village

Le paquebot s'engageait dans un étroit chenal.

de Befandriana, dans le Gouvernement du Boueni, moyennant le versement préalable d'un cautionnement de cinquante mille francs et l'engagement de payer annuellement au Premier Ministre cinquante-cinq pour cent des produits de l'exploitation, en retour de la main-d'œuvre que ledit Premier Ministre s'engageait à fournir.

UNE FAMILLE A MADAGASCAR.   5

Son contrat en poche, Michel Berthier ne songea plus qu'à partir pour le Boueni. Remontant en filanzane avec sa femme et ses deux enfants, il prit la route de la côte nord-ouest par Andriba, Suberbieville et Majunga. Là il fut reçu par l'oncle Daniel, qui était venu les attendre au débarqué et qui les emmena le jour même chez lui sur son brick marchand, *la Ville de Paris.*

A Manakarana même, le vieux Daniel Berthier n'avait que son comptoir, ses magasins et entrepôts. Quant à sa résidence particulière, il l'avait établie sur un plateau élevé du voisinage. Avec sa grande pratique des pays chauds, il avait admirablement aménagé tous les détails de son installation, de façon à se créer un intérieur à la fois très sain et très agréable. Trop souvent l'idéal des Européens, transplantés par les circonstances en pays exotique, est une grande maison en pierre à trois ou quatre étages, plus ou moins semblable à celles qui ornent nos boulevards. Daniel Berthier s'était bien gardé de donner dans ce travers. Son habitation, moitié bois, moitié briques, était du haut en bas, intérieurement et extérieurement, construite de façon à répondre aux besoins du pays ; les pièces servant de chambre à coucher étaient hautes et larges avec des vérandas qui, tout en laissant entrer la lumière, protégeaient l'intérieur contre les ardeurs du soleil ; une vaste salle de bain, bien aérée, garnie d'appareils très suffisants, sinon luxueux, les complétait. La salle à manger, très grande elle aussi, ouvrait par une large baie sur un jardin un peu sauvage, où le vieux colon s'était amusé à réunir les arbres et les plantes des Tropiques et de l'Europe, les palmiers et les châtaigniers, les bauaniers à côté des pêchers, le caféier et la pomme de **terre**, la canne à sucre et la vigne, et, côte à côte avec les choux, les haricots et les carottes, le riz, le maïs et le manioc ; tout cela faisait assez bon voisinage, et poussait tant bien que mal, plutôt bien que mal.

A gauche, en contre-bas du jardin, des communs vastes et commodes, écuries, remises, étables, basse-cour où poules, canards, oies, dindons, picoraient, gloussaient, barbotaient à qui mieux mieux, à côté des porcs noirs de Madagascar, une des futures richesses de l'île. Puis, prolongeant indéfiniment la perspective du jardin,

L'habitation de l'oncle Daniel.

s'étendaient d'interminables pâturages, où broutaient paisiblement plusieurs milliers de ces bœufs zébus, qui portent sur le dos, à la naissance du cou, une grosse proéminence graisseuse, et d'innombrables moutons choisis parmi les espèces les plus vigoureuses.

L'eau, première condition de toute exploitation agricole, était abondante et très pure. Un affluent de la petite rivière qui va se jeter dans la baie de Mazamba, au-dessous de Manakarana, courait à vingt mètres à peine du jardin, alimentant largement tous les services de l'habitation, depuis les chambres, la salle de bain, la cuisine, jusqu'à la mare de la basse-cour.

Michel était émerveillé de tout ce qu'il voyait. Et, comme il exprimait son admiration au vieux Daniel, celui-ci lui dit :

« N'est-ce pas la meilleure réponse à faire à ceux qui nient que Madagascar puisse devenir une colonie avantageuse et rémunératrice? Quelques points mis à part, la terre, composée d'un terrain silico-argileux qui se laisse manier facilement, est bonne; le jour où la culture sera mieux dirigée et plus étendue, les produits seront facilement décuplés. Le malheur c'est que dans l'île, plus que partout ailleurs, l'agriculture manque de bras, pour employer la formule classique. Sur notre côte particulièrement, nous sommes assez mal partagés à cet égard; les Sakalaves ont peu de goût pour le travail de la terre, et je suis obligé de recruter presque tout mon personnel parmi les indigènes venus d'Afrique, de l'Inde ou d'ailleurs; pour certaines besognes importantes et délicates, il me faut même engager des créoles de Maurice, voire des Européens. C'est en grande partie pour cela que, malgré ses baies nombreuses et ses magnifiques cours d'eau, notre côte ouest est généralement ·abandonnée des colons. Et cependant, si les hommes ne faisaient pas défaut, quels beaux caféiers on obtiendrait! Quelles plantations de cannes, de vanille, sans parler du riz et du maïs! Il y a des fortunes à gagner, avec une seule de ces cultures, sans compter que rien

n'empêche d'en entreprendre plusieurs à la fois. Si les
Hovas, qui ne sont pas des aigles, ont réussi à trans-
former en magnifiques rizières de grands espaces complètement stériles, que ne ferait-on pas en appliquant logiquement dans ce pays nos méthodes européennes? C'est
comme pour l'élevage des bœufs qui n'existe ici qu'à
l'état embryonnaire, ou pour l'exploitation des forêts
moins avancée encore; que de millions n'y a-t-il pas à
gagner avec une direction intelligente et méthodique! Tu
vois, mon cher Michel, que tu n'auras que l'embarras du
choix pour exercer ton activité et faire largement fruc-
tifier ton capital.

— Et les mines? dit Michel encore sous l'impression
de la belle exploitation aurifère de Suberbieville, dont
il avait parlé avec enthousiasme à son oncle.

— Nous en avons certainement, nous aussi, dans
la région, répondit Daniel, mais personne ne s'est
encore soucié de les chercher. Il nous faudrait un
homme comme Léon Suberbie. Je le connais. J'étais à
Tananarive quand il est arrivé comme directeur du
comptoir de la maison Roux et Frayssinet de Marseille,
un poste qui par parenthèse avait été occupé avant
lui par Laborde, le fameux Laborde. Non seulement il
sut faire prospérer les intérêts commerciaux de sa maison,
mais il réussit en même temps à nouer des relations ami-
cales avec le Premier Ministre, et à acquérir ainsi une
véritable influence à la Cour d'Imerina. C'est grâce à
cette influence qu'il put obtenir sa concession en 1886.
Dans les débuts, il n'eut pas trop de difficultés. Si le
Premier Ministre ne fournissait point tous les travailleurs qu'il s'était engagé à fournir, du moins le pays

était assez tranquille et les faits de brigandage étaient
rares. Mais bientôt la situation se gâta. Rainilaïarivony n'envoya plus du tout de travailleurs à son excellent ami, au mépris de ses engagements; et en même
temps, avec la complicité certaine des gouverneurs
hovas, peut-être même avec celle du gouvernement central lui-même, le brigandage se généralisa. Un autre
moins tenace se fût découragé et eût tout envoyé promener; Suberbie tint bon; malgré les résistances et les
mauvaises volontés qui s'accumulaient de jour en jour
autour de lui, il parvint à recruter tout un personnel de
travailleurs libres, à la tête duquel il plaça des ingénieurs et des employés français. L'œil à tout, mettant
volontiers la main à la pâte, il déploya une telle activité
qu'il réussit non seulement à se maintenir, mais encore
à obtenir les résultats que tu as admirés toi-même l'autre
jour. Voilà un exemple qui est encourageant, n'est-ce
pas? Maintenant, si tu veux, nous allons rentrer à la
maison. Tu n'as sans doute pas remarqué encore que
tout mon ameublement et mon aménagement, depuis
le plus petit ustensile jusqu'aux plus gros meubles, ont
été tirés de l'Ile même. Je l'ai voulu ainsi, d'abord parce
que tout ce que nous recevons d'Europe en ce genre
n'est guère que des articles de rebut, de la véritable
camelote, et ensuite parce que j'avais la coquetterie de
montrer, par mon exemple, que nous pouvions à la
rigueur nous suffire dès à présent, bien que l'industrie
soit passablement en retard. Sur notre côte Est particulièrement elle en est encore à l'enfance de l'art, mais il
y a d'autres provinces où elle commence à faire assez
bonne figure. Pour parler de ce qui est spécial à l'Ile, tu

as vu sans doute dans ton voyage, au passage des cours
d'eau, les pirogues de la reine, comme on les appelle :
eh bien! ces longues embarcations à peu près insubmersi-
bles sont creusées par les indigènes dans un seul tronc
d'arbre, à la hache d'abord, puis au feu; d'autres pirogues, qui servent au chargement et au déchargement des
navires et qui supportent fort bien la mer, sont formées
tout simplement de planches cousues très adroitement
ensemble avec des lianes. Il y a aussi les rabanes en
rafia et les nattes en jonc, dont la confection est particulière à l'Ile. Les rabanes, tu le sais déjà sans doute,
ce sont des pièces d'étoffe fabriquées avec les fibres intérieures d'une espèce de rafia, la vacana, lesquelles se
détachent dans toute leur longueur en filaments aussi
minces qu'on le désire. Avec ces rabanes on fait des
vêtements de travail et des tentures pour l'intérieur des
cases et des maisons. Tiens! entrons : tu vas voir quel
parti j'en ai tiré. Regarde : y a-t-il rien de plus frais,
de plus doux à l'œil? Et ces nattes, toutes grossières
qu'elles te paraissent, ne remplacent-elles pas avantageusement vos planchers froids et glissants? On les
fabrique avec ce que nous appelons du *zozoro*; c'est
une espèce de jonc, fin, souple et tenace, qu'on trouve
au bord des marais et dans les bas-fonds. Ils servent à
mille usages différents : la nappe sur laquelle nous avons
déjeuné ce matin, du *zozoro*; les draps du lit dans lequel
tu as dormi cette nuit, du *zozoro* encore; seulement ces
nattes-là sont les plus fines et les plus chères, elles sont
d'un travail véritablement remarquable; il n'y a que les
Betsileos et les Betsimisarakas qui soient capables de les
fabriquer. Mais ce n'est pas tout : avec ce même *zozoro*

on fait des chapeaux; je n'en porte pas d'autres; regarde-
moi celui-ci, n'est-il pas aussi souple, aussi doux sous le
doigt que le panama ou la paille d'Italie? Voici encore
de la sparterie, des corbeilles assez coquettes ma foi! des
petites boîtes enluminées qui entrent les unes dans les
autres, et tout cela est fabriqué dans l'Imerina avec des
zozoros découpés en lanières très minces.

Maintenant, un autre produit de l'industrie malgache. Vois un peu mes cuillères, mes fourchettes, mes
assiettes et jusqu'à mes verres à liqueur. En corne, oui,
mon cher, tout en corne. Dame! tu penses bien que ce
n'est pas chez Christofle que je me fournis, mais enfin,
tel quel, tout cela fait parfaitement mon affaire. Et si tu
savais avec quelle adresse nos indigènes arrivent à
donner les formes qu'ils veulent à cette matière première
assez réfractaire, en la découpant d'abord en lames plus
ou moins épaisses, puis en l'enfermant dans des moules
en bois après l'avoir fait chauffer pour l'amollir! Nous
avons également nos poteries; mon Dieu! elles ne sont
pas bien extraordinaires, mais enfin elles nous suffisent
tant bien que mal pour les usages de la vie courante; la
terre en est excellente, c'est plutôt la cuisson qui laisse
à désirer, nos potiers visant à l'économie et ménageant
leur combustible; aussi est-on obligé de renouveler assez
fréquemment son approvisionnement. Tu peux remarquer qu'en général ces poteries ne sont pas vernissées;
voilà toutefois des assiettes à pied qui sont revêtues
d'une couche de *manga-rans*, c'est-à-dire en bon français
de mine de plomb. Les formes ne sont pas très originales,
je l'avoue; cependant voici une grande cruche au col un
peu étranglé qui ne manque pas d'un certain caractère,

elle sert à renfermer la provision d'eau pour la journée ; en voici encore d'autres qui ne sont pas laides, une de moyenne grandeur pour aller puiser de l'eau à la fon-

Ranavalo, reine de Madagascar.

taine, un petit broc qui nous tient lieu de carafe à table, un vase à l'ouverture évasée pour cuire le riz. Maintenant, si tu veux passer dans mon cabinet, je vais te faire voir une collection d'un autre genre que tu ne t'attendais pas sans doute à rencontrer à Madagascar. Regarde dans cette vitrine en palissandre — du palissandre de mes bois,

par parenthèse — ces chaînes d'or et d'argent, ces
anneaux, ces pendants d'oreille, ces bracelets. On ne tra-
vaille pas mieux en Europe; eh bien! si tu voyais avec
quels instruments rudimentaires nos orfèvres indigènes
les fabriquent, tu ne voudrais pas le croire. Ce qui leur
manque le plus, c'est la matière première; les exploitations aurifères ne produisant pas encore de quoi fournir
à leurs besoins, ils se servent uniquement de nos pièces
de vingt francs, qu'ils se procurent non sans peine et surtout non sans de gros frais. Quoi qu'il en soit, l'orfè-
vrerie est une des industries qui se développeront certainement le plus vite à Madagascar, à mesure que les
minerais d'or seront mieux exploités. Mais nous avons
aussi nos forgerons, nos ferblantiers indigènes, et je t'assure que ces derniers surtout sont loin d'être maladroits;
c'est chez eux que je prends mes baignoires, mes arrosoirs,
mes chéneaux, mes caisses, mes boîtes de tout genre et
de toute dimension, voire mes assiettes communes. Ce
n'est pas tout; nous avons encore nos tailleurs, nos cor-
donniers, nos tanneurs, nos verriers, nos porcelainiers,
nos fabricants de savon, nos fabricants de poudre, nos
fondeurs de canons et de mortiers. La plupart de ces
industries, il est vrai, ont été importées à Madagascar, il
n'y a pas très longtemps, par l'anglais Cameron, et surtout par le français Laborde. Une chose, en revanche, qui
appartient bien en propre aux Malgaches, c'est leur pro-
cédé d'extraction de la pierre sans poudre ni dynamite,
rien qu'en étalant sur la surface du bloc à extraire une
couche d'herbe pressée et en la faisant brûler lentement.
Une industrie encore que j'oubliais parmi celles de l'Ile,
c'est l'industrie des produits chimiques et organiques,

potasse, huile de ricin, huile de pied de bœuf. En somme,
nous pouvons dire que nous possédons, en germe au
moins, toutes les productions indispensables à la vie et
bon nombre de celles qui la rendent facile et agréable. Si
dès à présent Madagascar a pris rang parmi les nations
commerciales, que sera-ce lorsqu'une culture plus étendue
et mieux dirigée aura décuplé ses produits naturels,
lorsque son industrie se sera développée normalement,
et que les points les plus éloignés de l'intérieur auront
été reliés aux ports de la côte Est ou de la côte Ouest par
des voies de communication suffisantes? Placée sur le
chemin du Cap, qui redeviendra bientôt sans doute une
des grandes voies du commerce universel, elle offre à
l'activité de nos commerçants, de nos industriels, de nos
colons, un champ d'action incomparable. Quant aux indigènes, je les connais pour les avoir longtemps pratiqués;
mon avis est qu'on les juge souvent trop sévèrement. C'est
un peuple en voie de formation; il ne faut donc pas trop
s'étonner d'y trouver un amalgame assez hétéroclite de
sauvagerie et de civilisation. Le seul fait de sa tendance,
poussée parfois, à copier nos institutions, nos procédés
et nos modes, ne suffit-il point à démontrer qu'il est
loin d'être rebelle aux idées de progrès? S'il pouvait
s'assimiler en même temps notre énergie et notre goût
du travail, on aurait les meilleures raisons de croire
qu'avec ses qualités natives, son intelligence, son habileté de main, sa souplesse naturelle, il est appelé à un
bel avenir. Avec notre aide, ces prévisions se réaliseront
peut-être plus tôt qu'on ne le pense.

CHAPITRE V

Installation à Maevasamba.

Tout ce que voyait Michel, et tout ce que son oncle lui disait des richesses et de l'avenir de l'Ile, lui avaient mis au cœur une extrême impatience d'aller prendre possession de sa concession. Quant à ce qu'il y ferait, cela devait dépendre de la nature du terrain, de ses ressources naturelles et aussi de la facilité plus ou moins grande que la région lui fournirait pour l'écoulement de ses futurs produits. Avant de se décider, il se réservait de voir sur place le fort et le faible de la position. L'oncle Daniel l'engagea donc à aller visiter tout d'abord son futur domaine et s'offrit à l'accompagner dans cette première reconnaissance.

Les deux hommes partirent un matin de très bonne heure, avec une dizaine de bourjanes pour eux et autant pour leurs bagages; car leur exploration pouvait durer cinq à six jours, et en pays sakalave aussi bien qu'en pays hova non seulement il n'y a point de route [praticable à un Européen, mais il est indispensable d'emporter avec soi tout ce dont on peut avoir besoin au cours du voyage.

En quittant Manakarana, le sentier franchit successivement quatre ou cinq petites collines avant d'arriver à la première étape, au village de Daany; une deuxième étape de quatre heures, à travers un pays moins accidenté mais peu intéressant, mena les deux voyageurs à un autre village, nommé Antsingo, où ils passèrent la nuit. Le lendemain matin, après avoir traversé en pirogue la petite rivière d'Antsingo, ils atteignirent Langa, le premier village situé sur le territoire concédé à Michel; ils y déjeunèrent, puis ils repartirent et eurent encore le temps d'arriver, avant la nuit, au village de Maevasamba, le point central de ladite concession.

Suivant l'usage établi dans l'île entière, les bourjanes déposèrent les deux filanzanes devant la plus grande case du village, dont le propriétaire s'empressa de déguerpir, sa casserole de riz à la main.

Dès le lendemain Michel et son oncle se mirent en campagne. Le village lui-même était situé dans de très bonnes conditions de salubrité, à mi-côte d'une colline. Quant à la région avoisinante, elle paraissait partagée à peu près également en terrains plats et en terrains montagneux, pouvant par conséquent se prêter à divers modes d'exploitation. Elle était copieusement arrosée par des ruisseaux d'une eau courante et pure qui ne rappelait en rien l'eau saumâtre des ruisseaux trop voisins de la mer, notamment par le Droa, qui prend sa source dans le nord et va se perdre à quelques kilomètres de Maevasamba, dans un petit lac, le lac Solipana; plus à l'est par l'Ant-

singo que nos voyageurs avaient traversé la veille en
pirogue et qui va se jeter dans la baie de Narinda; et
enfin, au sud, par un affluent de la rivière Sofia, dont
l'embouchure est au fond de la baie Mahajamba. Malgré
l'abondance de cette eau bienfaisante sans laquelle il
n'est pas de pays fertile, il n'y avait pour ainsi dire pas
de culture, les indigènes préférant se livrer à l'élevage des
bœufs qui, se nourrissant et se reproduisant tout seuls,
n'exigent par conséquent de leurs propriétaires d'autre
peine que d'envoyer marquer de temps en temps à
l'oreille les nouveaux venus du troupeau. En somme,
un pays absolument neuf, où tout était à créer, où jamais
aucune exploitation sérieuse n'avait été entreprise.

Pendant cinq jours, nos explorateurs parcoururent en
tous sens dans leur filanzane les quarante kilomètres de la
concession, revenant chaque soir à leur quartier général
de Maevasamba. Un soir cependant ils furent retenus au
village de Befandriana, à l'extrême limite ouest de la concession, et ils y passèrent la nuit. Le vieux Daniel y
avait quelques relations qui pouvaient être utiles un jour
ou l'autre à son neveu. A la tombée de la nuit, au
moment où ils s'apprêtaient tous deux à prendre leur
repas, le gouverneur de Befandriana se présenta à la
porte de la case où ils étaient installés pour leur faire
visite. C'était un gros homme d'aspect assez vulgaire,
vêtu d'une façon ridicule, moitié à l'européenne et moitié
à la malgache, les pieds nus dans un pantalon noir à
bande d'argent et un grand lamba rayé noir et blanc par-
dessus un dolman de chasseur à cheval. Il amenait avec
lui un veau dont il voulait faire hommage aux deux
Vasahas. A la grande stupéfaction de Michel, le vieux

Daniel, loin d'accueillir la gracieuseté du fonctionnaire hova avec la gratitude qu'elle semblait mériter, le reçut comme un chien dans un jeu de quilles. — « Un veau! lui dit-il avec hauteur; un veau, quand des gens comme nous se présentent dans ton gouvernement! Va nous chercher ton plus gros bœuf tout de suite, ou tu entendras parler de nous! » Jamais sans doute le pauvre gouverneur ne s'était entendu parler sur un ton pareil dans ce pays où le blanc, toujours isolé, se présente plutôt avec des formes insinuantes et diplomatiques, pour ne rien dire de plus. Impressionné cependant par l'assurance du Vasaha, il s'empressa d'obtempérer à son impérieuse mise en demeure. Pendant qu'il allait chercher son bœuf, le vieux Daniel dit à son neveu :

« C'est comme cela qu'il faut parler à ces gens-là, si l'on veut qu'ils vous respectent. Comme il peut se faire que tu aies besoin quelque jour de ce grotesque personnage, j'ai voulu lui donner une haute idée de ton importance. »

Le gouverneur étant revenu peu après avec un bœuf superbe, l'oncle Daniel daigna cette fois accueillir son hommage et riposta par un litre de rhum et une vieille casaque de jockey rouge cerise à manches jaunes. Puis après un kabary, qui fort heureusement ne se prolongea pas trop tard, le délicieux fonctionnaire se retira enchanté et nos deux voyageurs purent s'endormir, la conscience tranquille, sur leur couchette de campement.

En rentrant le lendemain à Maevasamba, l'oncle Daniel engagea vivement son neveu à ne pas se hâter de choisir l'emplacement où il devait établir son installation définitive avant d'avoir étudié soigneusement le

terrain dudit emplacement et même celui de ses environs immédiats.

« La fièvre paludéenne sévissant généralement partout où le terrain est glaiseux et plat, et où par conséquent l'eau séjourne, lui dit-il, il est de toute importance
de se loger sur la montagne, ou tout au moins sur un

Le gouverneur de Befandriana se présenta à la porte...

terrain essentiellement perméable, sur le sable, par
exemple, ou sur une terre calcaire. Avant de te décider,
il sera prudent de faire faire des fouilles pour mettre à
découvert une coupe du terrain et constater ainsi l'épais-
seur du dépôt sablonneux, si c'en est un; car souvent il
arrive que sous une mince couche de sable il y a de la
glaise qui retient l'eau en nappe; souvent encore il y a
du sable ici, et un demi-kilomètre plus loin il y a de la
vase. Enfin tu verras tout cela plus tard, quand le
moment sera arrivé de t'installer. En attendant, nous

pouvons dire que nous n'avons pas perdu notre temps, puisque nous avons pu nous assurer que la concession se présente admirablement à tous les points de vue. Si j'ai un conseil à te donner, c'est de procéder méthodiquement et de commencer la première année par planter des caféiers sur un plateau d'un demi-hectare environ, à proximité de la rivière d'Antsingo, de façon à pouvoir envoyer presque sans frais ta récolte dans des pirogues jusqu'à la baie de Narinda. »

Quarante-huit heures après, nos deux voyageurs étaient de retour à Manakarana. Michel retrouva sa femme et ses enfants en excellente santé. Mais Mme Berthier se reprochait d'avoir laissé son mari partir seul et commençait à s'inquiéter de son absence. N'avait-il pas été convenu qu'ils ne se sépareraient jamais, qu'ils affronteraient côte à côte les fatigues, les dangers, les difficultés de tout genre qui se rencontreraient sur leur route? Aussi, malgré les protestations de l'oncle Daniel qui voulait que les deux femmes attendissent chez lui qu'une installation convenable leur eût été assurée, fut-il décidé qu'aussitôt que Michel aurait pu se procurer un stock suffisant de provisions et de matériaux, avec le chiffre d'hommes nécessaire pour engager les premiers travaux et construire leur future maison d'habitation, nos quatre Parisiens partiraient pour Maevasamba et s'établiraient provisoirement dans la grande case où Michel et son oncle avaient trouvé l'hospitalité. Celui-ci se chargea de procurer à son neveu et de lui envoyer directement à Maevasamba une quintuple équipe d'ouvriers maçons, charpentiers, menuisiers, couvreurs et terrassiers, sous la direction d'un architecte fort adroit, un créole de

Bourbon qui habitait Majunga. Ce fut aussi lui qui trouva les six domestiques indigènes qu'il fallait à Mme Berthier pour tenir sa maison, quatre Comoriens dont un parlait à peu près le français, et deux femmes makoas habituées déjà au service des Européens.

Grâce à l'intervention du vieux Daniel, toutes les difficultés s'étant trouvées aplanies comme par enchantement, les futurs colons purent se mettre en route plus tôt même qu'ils ne l'avaient espéré. Avec leurs lits, leurs literies, et leur batterie de cuisine, Michel n'emportait que des caisses de vivres et quelques meubles indispensables, se réservant de faire venir plus tard le complément de leur ameublement lorsqu'ils seraient en mesure de s'installer définitivement. L'oncle Daniel insista cependant pour joindre aux bagages de la petite caravane une pharmacie volante très complète et choisie spécialement en vue des dangers du climat.

Il parlait même d'accompagner au moins jusqu'à mi-chemin sa nouvelle famille, qu'il ne pouvait se décider à quitter; mais Michel, en le remerciant de toutes ses bontés, s'excusa de lui avoir déjà fait perdre beaucoup de temps au détriment de ses affaires personnelles, et prit congé en promettant de lui donner fréquemment de leurs nouvelles.

Le voyage de Manakarana à Maevasamba eut lieu sans encombre, par un beau temps et une température très supportable; aussi personne n'était-il sérieusement fatigué lorsque le soir du second jour les filanzanes s'arrêtèrent devant la grande case du village où nos colons allaient se fixer provisoirement. Comme la première fois, le propriétaire de la case ne fit aucune difficulté pour

céder la place aux Vasahas ; d'autant que, Michel s'étant
montré fort généreux lors de son premier passage, l'intéressant et intéressé Raleidama — tel était le nom du propriétaire susdit — flairait une seconde aubaine non moins
copieuse.

Cette grande case, grande relativement pour le village,
ne comportait que deux pièces ; la plus vaste fut abandonnée à Mme Berthier et à sa fille, Michel et Henri se
contentèrent de l'autre. Quant aux bagages, sauf les couchettes et quelques objets de valeur, ils furent entassés
provisoirement dans une seconde case voisine de la
grande et confiés à la garde des six domestiques indigènes.

Le premier repas des futurs colons fut dressé, vu
l'extrême douceur de la température, sur le devant de
leur nouvelle habitation, en présence de tous les habitants du village attirés par la curiosité. Les femmes surtout étaient accourues en foule ; plus sédentaires que les
hommes, elles ne descendaient pas souvent à la côte et
n'avaient pas encore eu l'occasion d'apercevoir des blancs.
La vue de chacun des ustensiles dont se servaient ceux-
ci pour manger leur arrachait des cris de surprise ; les
allumettes surtout eurent un vif succès auprès d'elles,
car les Sakalaves allument encore le feu en frottant rapidement deux morceaux de bois l'un contre l'autre. Ces
gens semblaient d'ailleurs d'humeur douce et sociable, et
leur attitude était plutôt sympathique aux étrangers.
Marguerite ayant eu l'idée de distribuer à des petites
filles qui les regardaient avec de grands yeux ahuris une
pleine assiettée de gâteaux secs, la foule finit par s'apprivoiser tout à fait.

Malgré l'improvisation de l'installation, la nuit fut assez bonne et se passa sans autre incident que l'invasion d'une nuée de moustiques, maringouins et autres bestioles du même genre.

Dès le lendemain, par l'intermédiaire de celui de ses

Cette grande case ne comportait que deux pièces.

Comoriens qui parlait français et qui avait été promu en conséquence à la dignité d'interprète, Michel traita définitivement de la location des deux cases qu'il occupait avec sa famille et ses bagages. Il put alors procéder à des arrangements un peu moins provisoires. Des fumigations répétées eurent pour effet de relancer jusque dans leurs repaires les désagréables insectes qui y tenaient gar-

nison ; pour compléter ce système de défense, d'impéné-
trables moustiquaires furent installés à demeure autour
des couchettes. Puis Marguerite et sa mère s'amusèrent à
décorer leur appartement sakalave avec cette ingéniosité
et ce goût propres à toutes les françaises.

De son côté, Michel, aidé par son fils Henri, s'occupa,
sans plus attendre, de choisir l'emplacement où il cons-
truirait sa maison. Il battit les environs avec quelques
hommes qu'il engagea au village même, fit faire des
fouilles sur plusieurs points différents et après bien des
recherches, bien des tâtonnements, il se décida finalement pour un terrain calcaire à quelques centaines de
mètres du village, presque sur le plateau de la montagne
qui le dominait, et à proximité de l'Antsingo, dont les
eaux fraîches et courantes ne pouvaient être que d'un
voisinage agréable, en dehors même de la question d'utilité pratique.

Puis quand l'architecte créole fut arrivé avec ses
ouvriers, il les mit immédiatement à l'ouvrage. Sachant
qu'il faut éviter de rester à portée des terres que l'on
remue, spécialement dans les localités où le sous-sol
peut contenir des substances organiques, il empêcha sa
femme et ses enfants de s'approcher du chantier avant
que les fondations fussent sorties de terre. Quant à
lui-même, sans négliger les précautions nécessaires, il
paya de sa personne à toute heure, toujours le premier
arrivé et le dernier parti, et mettant si bien le feu au
ventre de ses travailleurs qu'en moins de deux mois la
maison était debout, et le jardin presque complètement
dessiné et planté. Suivant encore en cela les conseils de
son oncle, il avait demandé à l'architecte une maison

Michel, aidé par son fils, choisit l'emplacement...

vaste et simple à la fois, mi-partie en bois, mi-partie en briques, et qui répondît aux besoins du pays. Quand elle fut complètement achevée, il s'attaqua aux communs, qu'il voulait larges et commodes, quoique sans luxe inutile.

En même temps, comme il ne voyait pas venir la main-d'œuvre que le Premier Ministre s'était engagé à fournir, il profita de la bonne volonté de ses travailleurs du village, fortement surexcitée du reste par l'appât d'une haute paye, pour leur faire défricher à mi-côte d'une petite colline voisine un vaste quadrilatère où la terre profonde, riche en humus, fraîche et saine, et aussi meuble que possible, se prêtait admirablement à la culture du caféier. Michel avait étudié à fond cette culture et, pour ses premiers essais, il avait donné la préférence aux cafés de Mayotte et de Nossi-bé, qui sont très fins de goût et d'arome, et donnent deux récoltes annuelles, l'une en février-mars, l'autre en juin-juillet. Cette culture est des plus rémunératrices, puisque dès la deuxième année le caféier commence à donner, mais elle ne laisse pas d'exiger beaucoup de peine et de travail ; et malheureusement la fameuse main-d'œuvre promise et garantie par le Premier Ministre n'arrivait toujours pas. Michel avait écrit plusieurs fois à Tananarive pour rappeler ses engagements à ce personnage oublieux, mais ses réclamations étaient restées sans réponse, de même que celles qu'il adressa directement au gouverneur général du Boueni, au gouverneur de Befandriana et à ceux d'autres gros villages de la région pouvant fournir leur contingent de travailleurs.

Ces gouverneurs de province et de gros villages sont

choisis par le Premier Ministre non point parmi les plus capables, mais parmi ceux qui s'engagent à prélever sur leurs heureux administrés les plus gros tributs : c'est une sorte de ferme que le preneur exploite à ses risques et périls, sous réserve de partager les bénéfices avec le propriétaire. Ces fermes même s'achètent, et parfois assez cher, moyennant de larges cadeaux offerts par le candidat au Premier Ministre, à ses secrétaires ou aux membres de sa famille : on assure que Ramasombazah, le gouverneur du Boueni, a dépensé ainsi plus de trente mille francs pour obtenir sa charge. Une fois dans la place, le gouverneur exploite méthodiquement le pays au moyen de la corvée, de l'impôt de la piastre (redevance indéterminée qui pèse sur tous ceux à qui l'on suppose les moyens de payer et qui peut être répétée plusieurs fois dans la même année) et d'une foule d'autres procédés plus ou moins malpropres. Concessions, privilèges, justice même, il fait argent de tout. Bien entendu, il s'arrange pour garder le plus possible des honnêtes bénéfices ainsi recueillis, encore que le Premier Ministre, qui connaît le pèlerin, prenne soin de placer auprès de lui, sous le titre de sous-gouverneur, ou de *dikan* (aides de camp), des manières d'espions chargés de le surveiller. Voilà la législation sauvage, masquée par un semblant de civilisation, sous laquelle est placée toute la population de l'Ile ; il est vrai que ces belles lois restent presque toujours lettre morte et que le Malgache, surtout à mesure qu'on s'éloigne de la capitale, vit à peu près à sa guise.

Impatienté de ne rien voir venir de Tananarive, ni de Befandriana, ni de nulle part, Michel se souvint à temps du moyen qui lui avait déjà si bien réussi une première fois; et, choisissant parmi ses Comoriens celui d'entre eux qui savait à peu près le français et qui était devenu peu à peu son homme de confiance, il s'ouvrit à lui de ses projets et l'envoya d'abord à Befandriana, avec la

L'arrivée des travailleurs, sous la conduite du Gouverneur en personne.

mission d'offrir de sa part au Gouverneur une certaine somme à toucher le jour où le chiffre d'hommes du village fixé par le Premier Ministre arriverait sur la concession. Dès le surlendemain, soixante-quinze gaillards solides et bien bâtis faisaient leur entrée à Maevasamba, sous la conduite du Gouverneur en personne, qui n'avait voulu s'en remettre qu'à lui-même du soin d'encaisser

la récompense promise. Cette petite manœuvre ayant
réussi au delà de toute espérance, Michel envoya son
ambassadeur, qui répondait au nom euphonique de
Naïvo, auprès du gouverneur général du Boueni, en
augmentant nécessairement le montant de la commission, en proportion de l'importance hiérarchique du
personnage, mais en ayant soin de spécifier que ladite
commission serait d'autant plus grasse que le chiffre des
travailleurs fournis serait plus fort. La semaine ne s'était
pas écoulée qu'un véritable exode de bons noirs, appartenant aux villages de Manambary, de Maivarano, de
Bomazonga et d'Antsohihi, de la partie nord du Boueni,
envahissait le territoire de la concession. Vivement désireux de toucher la forte somme le plus vite possible,
le joyeux Ramasombazah avait trouvé plus expéditif de
faire opérer par les soldats de son Rova une véritable
razzia sur les hommes valides d'un certain nombre de
villages de son gouvernement et de les expédier sous
bonne garde à Maevasamba.

Michel installa tout son monde dans le village même
et dans des cases qu'il fit bâtir pour eux; puis il les con-
duisit immédiatement sur les vastes terrains qu'il voulait faire défricher, non sans les avoir alléchés par une
première distribution de rhum et leur avoir promis un
bon traitement, une bonne nourriture et de bons gages
calculés d'après la quotité du travail donné.

Sur ces entrefaites, la maison d'habitation étant enfin
entièrement aménagée, Michel s'y transporta lui-même
avec sa famille. Il fallut encore une quinzaine cependant
pour achever les dernières installations et mettre en place
le complément de l'ameublement que son oncle lui avait

envoyé pièce par pièce de Manakarana sur sa demande.
Enfin, un beau jour, tout se trouva prêt, la maison
et ses nombreuses dépendances, communs, écuries,
granges, étables, buanderie, laiterie, vacherie, etc. La
cave était garnie de six pièces d'excellent vin de Bordeaux, prises dans le stock de l'oncle, et qu'il avait fallu
dédoubler en demi-barriques, pour qu'elles pussent être
transportées à dos de bourjanes. Michel et sa femme, se
comparant joyeusement à la famille Robinson obligée à
se suffire entièrement elle seule dans son île, purent
se rendre la justice qu'ils n'avaient rien oublié d'indispensable. Mme Berthier avait même réussi à trouver à
Maevasamba les éléments d'une basse-cour très complète, poules, canards, oies, dindons, etc.; pendant
que Michel garnissait ses étables d'un certain nombre de
bœufs et de vaches de choix, que son bon ami le gouverneur de Befandriana lui avait envoyés sur sa demande,
au juste prix de dix piastres — ou trente francs — l'un
dans l'autre, la petite commission non comprise, bien
entendu.

Tous ces points réglés, les équipes de travailleurs au
complet et convenablement installées, Michel put enfin
commencer sérieusement l'exploitation de sa concession.

CHAPITRE VI

Un enterrement chez les Sakalaves.

Maintenant qu'il était en possession d'un nombre suffisant de travailleurs, Michel Berthier se croyait tiré d'affaire ; mais il avait compté sans l'indolence naturelle aux indigènes, indolence assez facile à comprendre d'ailleurs dans un pays où l'on a besoin de si peu de chose pour vivre. Assez intelligents et assez adroits, d'humeur plutôt joviale, ils s'empressaient de poser leurs outils et de s'accroupir voluptueusement à côté, dès que l'œil du maître cessait de peser sur eux. Or Michel, et son fils qui le suppléait de son mieux, ne pouvant se montrer partout à la fois, il arriva que la besogne ne marcha pas aussi vite qu'ils l'eussent souhaité.

Physiquement ces Sakalaves n'avaient point le caractère ni la pureté des races originales, mais le mélange du sang des races arabe, moçambique et malaise qui coulait dans leurs veines avait donné d'assez remarquables résultats. Leur taille était généralement élevée,

leur physionomie douce et affable, leurs membres étaient
souples et développés. Leurs vêtements, fort simples, se
réduisaient au *seidik* — ou *salaka*, — ceinture de toile
enroulée autour des reins et qui descend entre les
jambes pour remonter se nouer à la taille, et au *simbou*,
variété du *lamba* traditionnel des Malgaches, pièce de
cotonnade ou de calicot dans laquelle ils se drapent à
l'antique. Ils ne se nourrissaient guère que de riz cuit à
l'eau; c'est du reste le fond de l'alimentation de tous les
Malgaches, et la grosse occupation des femmes des villages est de piler le riz dans leur mortier en bois.
Cependant ils consomment aussi parfois les feuilles du
ravensera qui, cuites à l'eau, ont à peu près le goût et
la couleur de nos épinards. Quant au bœuf, bien qu'il ne
se vende pas cher, ils en mangent rarement. Le gibier
est aussi fort bon marché, ainsi que la volaille; une oie
se vend quatre-vingts centimes; un canard, quarante
centimes; une poule, vingt centimes. Le poisson est assez
rare et se consomme généralement desséché ou boucané.
Quant à la boisson journalière des Sakalaves, elle se
compose d'eau bouillie dans le vase ayant servi à la
cuisson du riz, ce qui lui donne une couleur de caramel
assez appétissante à l'œil; ils boivent aussi parfois une
sorte d'hydromel fabriqué avec le jus fermenté de la
canne; de l'arack, espèce de rhum de qualité très inférieure (il se vend trente centimes le litre), et plusieurs
autres compositions du même genre importées d'Europe; mais leur liqueur favorite, c'est le *Betsa-besse*,
mélange de jus de canne et de sucs de diverses plantes,
qui détermine une ivresse si brusque qu'on a pu croire
qu'il entrait du haschich dans sa composition; pour le

vin, d'importation française uniquement, l'usage en est très peu répandu, encore qu'il ne revienne pas à un plus haut prix que dans le Nord de la France. On peut dire que les Sakalaves sont très sobres à l'ordinaire, ce qui ne les empêche pas de se livrer avec frénésie, quand l'occasion se présente, à l'abus des victuailles et des boissons.

Bien entendu, les hommes de corvée envoyés par Ramasombazah et le gouverneur de Befandriana avaient laissé leurs femmes dans leurs villages respectifs ; mais les Berthier avaient journellement l'occasion de voir celles de Maevasamba qui venaient à la concession offrir quel-

Femme malgache pilant du riz.

que volaille ou des bananes, histoire de se faire donner quelque chose. « Cadeau! cadeau! » tels sont les premiers mots français que les femmes indigènes, et beaucoup de leurs époux également, apprennent à prononcer.

Ces femmes sont généralement bien faites; il y en a même de réellement jolies. Elles portent les cheveux nattés, partagés régulièrement par petits carrés, et pommadés avec une graisse de bœuf aromatisée d'une

odeur fort désagréable pour les Européens. Leurs vêtements, à peu de chose près semblables à ceux des
autres femmes malgaches, se composent d'une sorte de
jupe de cotonnade ou de calicot dont elles s'entourent les
reins en la serrant à la ceinture, d'une camisole étriquée
qui leur comprime affreusement la poitrine tout en ne la
dissimulant qu'imparfaitement, et, par-dessus, d'un
lamba d'une espèce particulière, sorte de sac plus ou
moins ample, ouvert aux deux bouts, qui leur remonte
sous les bras; comme ornements, elles portent des
boucles d'oreille en cuivre ou en argent, et parfois des
colliers et des bracelets en verroterie.

Ces femmes paraissent beaucoup moins indolentes et
moins paresseuses que les hommes. Chaque fois que
Mme Berthier et sa fille se rendaient au village, elles
étaient sûres de les trouver toutes ou presque toutes en
train de piler le riz ou se livrant à quelque autre besogne
de ménagère. Souvent, les deux Parisiennes s'amusaient
à les regarder travailler ainsi dans la cour intérieure,
de leur case.

Ces cases étaient d'ailleurs à peu près toutes les mêmes,
avec leurs parois en côtes de ravenala amarrées par des
lianes, et leurs toits en paillotes; à l'intérieur, dans un
des angles, le foyer surmonté de tablettes en bois où
boucanent la viande de bœuf et le poisson; à côté, une
marmite en fonte, quelques autres ustensiles de cuisine et
quelques pots en terre noire, des cuillères de bois, des
gobelets de corne; en guise de fontaine, un long bambou
fermé à l'une de ses extrémités et dont les cloisons inter-
médiaires ont été enlevées. Point de fermeture sérieuse
à la porte. Quand l'habitant de la case s'absente, il plante

un bâton devant l'ouverture et cela suffit pour que personne n'y entre.

Généralement, dans leurs visites au village, Mme Berthier et sa fille se faisaient accompagner par Naïvo, ce domestique comorien qui savait assez de français pour leur servir d'interprète. Plus intelligent et plus débrouillard que les Sakalaves, il avait un fond de jovialité native qui se traduisait souvent par des grimaces extraordinaires. Impossible d'ailleurs de lui donner un âge; lui-même, comme tous les Malgaches, ignorait quand il était né. Lorsqu'on le lui demandait, il répondait avec un geste vaste : « Moi grand comme ça quand *Farantsay* (Farantsay pour Français) bombardé Majunga! »

Naïvo.

Ce brave Naïvo faisait le bonheur de Marguerite, qui ne se lassait pas de l'écouter baragouiner français ou anglais, et s'amusait à se faire donner par lui des leçons de malgache. C'est une langue très simple à apprendre que le malgache, du reste; car elle n'a point de grammaire et ses caractères sont les mêmes que les nôtres. Il n'y a ni genres, ni nombres, ni cas, ni flexions de déclinaison, ni distinction entre substantifs et qualificatifs; mais seulement des noms, des pronoms, des verbes et des particules. Ces particules, explétives ou autres,

jouent un grand rôle et s'adjoignent aux mots, aux verbes
surtout, pour en modifier ou en nuancer le sens, ainsi
que nous faisons nous-mêmes avec nos verbes, comme
dans revenir, survenir, parvenir, convenir, devenir. L'orthographe, au surplus, n'a rien de fixe, pas plus que la
prononciation : généralement par euphonie on supprime
ou on modifie l'articulation de certaines voyelles, des
voyelles terminales surtout; c'est ainsi qu'on prononce
Ranilarivoune pour Rainilaïarivony, Tananarive pour
Tananarive, Rouve pour Rova, etc. En outre, c'est sur
l'avant-dernière syllabe et non sur la dernière, comme
chez nous, que porte l'accent tonique.

Marguerite apprit assez vite et sans beaucoup d'étude
quelques phrases usuelles, qu'elle s'amusait à adresser
au fidèle Naïvo : *Noana aho* (J'ai faim); *Mangetaheta hao;
Amalao rano hao* (J'ai soif; allez me chercher de l'eau);
Veloma (Adieu). Elle apprit aussi à dire les jours de la
semaine : *Alatsinainy* (lundi), *Talata* (mardi), *Alarobia*
(mercredi), *Alakamysi* (jeudi), *Zoma* (vendredi), *Sabotsy*
(samedi) et *Alahady* (dimanche).

La semaine du Malgache se compose, en effet, de sept
jours, comme la nôtre; seulement il n'y a pas de
dimanche en réalité, et chacun prend son repos comme
il l'entend et quand bon lui semble. Le mois est calculé
d'après les révolutions lunaires, et l'année se compose de
douze révolutions, de sorte qu'il n'y a pas d'époque fixe
pour le commencement et la fin de l'année. Enfin le jour
n'est pas divisé en heures, mais simplement en six parties : l'arrivée du jour, la croissance du jour, le plein du
jour, le départ du jour, la nuit, la grande nuit.

A mesure que Marguerite, grâce à ses conversations

avec Naïvo, pénétrait plus avant dans l'âme et dans l'esprit du peuple malgache, elle s'apercevait de l'abîme qui séparait cette race de la nôtre et de l'ignorance profonde dans laquelle croupissaient les plus intelligents des Sakalaves, voire des Hovas. Les idées du brave Naïvo, au point de vue géographique notamment, étaient incroyables ; pour lui, le monde se composait de l'Ile, et de quelques îlots sans importance semés sur la mer de distance en distance ; et quand Marguerite lui montrait sur une mappemonde la place énorme tenue par les divers continents, et, à côté, celle que tenait Madagascar, il paraissait convaincu que ladite mappemonde avait été dessinée tout exprès pour se moquer de lui, en dénigrant son pays. Quant aux Vasahas, il se figurait, avec la grande majorité des Malgaches, qu'ils étaient tous des marins et qu'ils ne vivaient que sur des bateaux, par la raison que c'était sur des bateaux qu'on les avait vus débarquer à Madagascar. C'est par suite du même raisonnement que Hovas et Sakalaves sont convaincus qu'en cas de guerre jamais les Français ne pourraient pénétrer dans l'intérieur de l'Ile, alors même qu'il n'y aurait pas pour les repousser et les exterminer les deux fameux généraux de Radama, le général « fièvre » et le général « forêt ».

Un jour, en arrivant au village, Mme Berthier et sa fille, escortées de l'inséparable Naïvo et d'une de leurs servantes, furent accueillies par de bruyantes détonations. Naïvo, envoyé en avant, revint leur dire que le vieux Raleidama, le propriétaire de la grande case qu'ils avaient occupée quelques mois à leur arrivée dans le pays, était mort la veille et que l'on procédait présentement à la cérémonie de ses obsèques.

Les Malgaches, dont la morale religieuse est restreinte
à sa plus simple expression, professent en revanche une
vénération extrême pour les morts; seulement, cette
vénération, ils ont une façon à eux de la traduire, ils
boivent, ils mangent, ils chantent et ils dansent auprès
du corps, et avec d'autant plus d'entrain que le mort est,
ou était, plus riche; car c'est lui qui fait tous les
frais de la petite fête. La femme étant considérée comme
un être inférieur, ses funérailles ne sont pas accompa-
gnées par ces réjouissances qui tournent toujours à
l'orgie.

Quant au mode de sépulture, il varie beaucoup sur
l'étendue du pays. En Imerina, les riches Hovas ont
généralement des caveaux assez profonds, avec des
tablettes en pierre sur lesquelles les corps sont déposés
après avoir été ficelés dans des lambas en soie; le dernier
de ces lambas, celui qui touche la dalle, est remplacé
tous les ans, ce qui donne lieu à une fête fidèlement
observée. Dans certaines autres tribus, on inhume les
cadavres en terre; dans d'autres, on leur confectionne
un cercueil avec un tronc d'arbre et on les conduit
processionnellement à un hangar où les cercueils de
tous les morts du village sont empilés par famille, les
uns à côté des autres. C'est ce dernier mode de sépulture
qui était en usage à Maevasamba.

Les coups de fusil qui avaient accueilli l'arrivée de
Mme Berthier et de sa fille au village sont l'accompa-
gnement obligé de toutes les funérailles. Peu après, le
cortège apparut. Derrière le cercueil venaient les
habitants, hommes et femmes, tous fort agités et fort
bruyants; le défunt Raleïdama étant l'un des plus riches

du village, de copieuses libations avaient été absorbées sans doute, et la dignité de la cérémonie s'en ressentait cruellement. Tant bien que mal, le cercueil n'en fut pas moins accompagné par toute la population jusqu'au hangar funéraire qui s'élevait à quelque distance du village; puis chacun s'en retourna chez soi sans autre cérémonie.

A Madagascar, en effet, on ne connaît aucun culte extérieur, aucune manifestation religieuse; il n'y a point de prêtres, ni rien qui y ressemble, de même qu'il n'y a pas de temple, d'église, ou quelque chose d'approchant, en dehors, bien entendu, des églises importées par les missionnaires catholiques ou protestants. Ce n'est pas à dire que les Malgaches n'aient point de croyances, mais leurs croyances sont toutes primitives et défigurées par les plus grossières superstitions. Le mot Dieu (*Zanahary*) ou *Andriamanitra*) existe dans la langue malgache; mais on n'y attache aucune signification précise; il est employé surtout dans quelques formules usuelles, comme « Dieu vous protège! » (*Tahim'Andriamanitra*), la formule d'adieu ordinaire. C'est probablement un reste purement verbal de la religion monothéiste des anciens conquérants du pays, les Arabes, souche de toutes les familles royales. Les Malgaches admettent une âme, mais dans un sens tout différent du nôtre; c'est pour eux une sorte d'ombre, de fantôme, de corps aérien; l'âme n'est pas le principe vital de l'homme, mais elle est simplement unie à lui et peut en être séparée; elle s'en sépare d'elle-même un an avant la mort; toutefois, elle ne quitte jamais le corps de sa propre volonté, c'est le sorcier qui l'en chasse; car s'il n'y a pas de prêtres à Madagascar, il y a des sorciers,

voire des sorcières, qui jouissent d'une très grande
influence et sont infiniment redoutés, Le sorcier *mpa-
mosavy*, qu'il ne faut pas confondre avec le devin, est
d'ailleurs aussi méprisé, aussi haï qu'il est craint. C'est
le caûchemar du Malgache.

CHAPITRE VII

La fièvre à Madagascar.

A peine rentrée chez elle en revenant du village, Mme Berthier se sentit prise d'un malaise subit. Des frissons lui secouaient tout le corps, par grandes saccades, et ses dents claquaient avec un bruit sinistre. Marguerite la fit mettre au lit et envoya Naïvo prévenir son père.

Lorsque Michel et Henri arrivèrent, le mal avait fait de rapides progrès. A des vomissements répétés avait succédé une somnolence insurmontable. Michel prit le pauvre bras glacé de sa femme ; le pouls semblait vouloir disparaître sous les doigts, le cœur battait faiblement, et la respiration, lente et entrecoupée, s'entendait à peine. La prostration était telle que la malade ne pouvait répondre aux questions qu'on lui posait.

Malgré l'étude qu'il avait faite à l'avance des maladies contre lesquelles ils pourraient avoir à se défendre, lui et les siens, Michel se refusait encore à croire qu'il s'agissait d'un de ces accès de fièvre pernicieuse qui viennent trop souvent saisir et terrasser brusquement les malheureux Européens mal acclimatés à Madagascar.

Il courut à sa petite pharmacie, prit un flacon de sulfate de quinine et une seringue de Pravaz; il fit plusieurs injections sous la peau de la malade à quelques minutes d'intervalle, et pratiqua ensuite des frictions sèches répétées sur tout le corps.

Pendant ce temps Henri expédiait un exprès à l'oncle Daniel pour le prier d'envoyer au plus tôt un médecin.

Dans la soirée, les symptômes inquiétants s'aggravèrent. La peau du visage était devenue froide comme un marbre et d'une blancheur presque diaphane, avec de larges taches violacées. De temps en temps la pauvre femme faisait entendre quelques sourdes plaintes, puis elle retombait dans une sorte d'anéantissement.

Vers trois heures du matin, elle sortit brusquement de cette apathie, et fut prise presque aussitôt d'une sorte d'exaltation qui lui secouait tout le corps. Le moindre bruit semblait lui faire l'effet d'un vacarme épouvantable; le plus léger mouvement l'affolait. D'une voix faible et cassée, elle se plaignait sans cesse : « J'ai mal partout!... Quelles tortures!... Mon front va éclater!... Michel!... soulage-moi,... ne me laisse pas souffrir ainsi!... C'est fini! c'est fini!... Je sens que je vais mourir!... Oh! que je souffre! »

Puis, dans ses rares moments de détente, elle murmurait : « Mon pauvre Michel, mes pauvres enfants! je vous fatigue... Allez dormir!... Demain matin, ça ira mieux, vous verrez! »

A cinq heures du matin, elle pria Michel de tirer les
rideaux, et d'ouvrir la fenêtre ; elle étouffait, elle voulait
de l'air et de la lumière. Le jour paraissait à peine ; le
soleil venait de se lever ; le ciel était d'un gris bleu pâle,
presque blanc, sans un nuage. Déjà cependant on entendait chanter les oiseaux et les makes s'appeler entre elles
avec leurs cris bizarres.

La malade sourit faiblement, puis elle fut reprise d'un
nouvel accès de ces épouvantables douleurs qui lui bri-
saient le crâne. Le corps brûlait maintenant ; le pouls
était irrégulier, trépidant ; le cœur battait une mesure
folle ; la respiration, courte et entrecoupée, sifflait. L'agi-
tation redoublait ; la pauvre femme, en proie à une exci-
tation cérébrale intense, se livrait à des mouvements
désordonnés ; il fallait la retenir de force pour l'empêcher de sortir de son lit.

Par moments, elle ouvrait tout grands ses yeux, et son
regard se perdait dans le vide sans se fixer sur rien ; puis
ses lèvres s'agitaient, elle semblait faire effort pour
parler, mais aucun son intelligible ne sortait de ses
lèvres.

Michel, se tordant les mains, se demandait avec angoisse ce qu'aurait pu inventer un médecin pour adoucir
ces horribles souffrances et couper court à ces halluci-
nations torturantes. Il frictionnait les membres de la
malade pour rétablir la circulation ; il continuait les
piqûres de sulfate de quinine à ses bras et à ses jambes ;
il aurait voulu lui insuffler sa propre vie. Mais rien
n'agissait. Bien que la chaleur fût déjà très forte, le terrible froid était revenu maintenant aux membres et sur
tout le corps.

Dans sa vie, Michel avait assisté plus d'une fois au spectacle terrifiant d'une agonie; il avait vu des êtres chers se débattre sous ses yeux contre l'inexorable mal, avec cette révolte de la vie qui ne veut pas s'abandonner; mais jamais il n'avait été témoin, et témoin hélas! impuissant, d'une scène comparable à celle-ci. Tantôt la chère créature se raidissait dans ses bras, et il lui fallait toute sa force d'homme vigoureux pour l'empêcher de s'en échapper; tantôt, abattue par des vertiges, comme si la terre s'enfonçait ou se renversait sous elle, elle retombait inerte sur les oreillers, prise soudain d'une faiblesse si grande qu'on aurait pu la croire morte sans les soubre- sauts douloureux qui la secouaient par moments. Puis les lèvres boursouflées s'agitaient, les yeux s'ouvraient dé- mesurément, tout ce qui restait de vie se portant main- tenant au cerveau.

Soudain un grand frisson passa sur tout le corps, le visage devint pourpre, les yeux s'injectèrent de sang, et des lèvres déjà noires s'échappèrent quelques mots que Michel ne saisit pas d'abord. Se penchant sur le lit, tout près de la moribonde, et retenant sa respiration, il écouta de toute son âme cette voix brisée qui murmurait avec des efforts inouïs quelques mots entrecoupés par des hoquets d'agonie :

« Restez là maintenant,... ne me quittez pas,... mettez- vous devant moi... tous les trois... que je vous voie,... que je vous sente près de moi... jusqu'au bout! »

A ce moment, un rayon de soleil entra dans la chambre et vint s'arrêter sur le lit. La pauvre femme sourit, et fit le mouvement de caresser de sa main amaigrie cette traînée insaisissable de lumière.

Se reprenant à espérer contre toute espérance, Michel redoubla d'efforts pour tâcher au moins d'atténuer les souffrances de sa femme; il agitait l'air autour de sa tête avec un écran, essayant de lui donner une sensation de fraîcheur, et, la soulevant avec précaution pour l'aider à respirer, il lui parlait doucement, tendrement, comme on parle à un enfant malade, lui disant qu'elle allait mieux, que ce ne serait rien, que dans quelques jours elle serait rétablie, qu'elle pourrait s'occuper de nouveau de sa chère maison, de ses belles vaches, de ses poules.

Sur les lèvres décolorées de la moribonde, quelque chose comme un sourire navrant glissa. Michel se pencha davantage encore et il l'entendit murmurer d'une voix toute changée qui semblait venir de très loin :

« Michel!... je n'ai jamais aimé que toi au monde... Toi et les enfants!... Ne vous quittez jamais!... ne vous séparez jamais!... Michel,... Michel,... je t'aime! »

Puis, elle ajouta encore, comme un appel :

« Henri ! »

Le pauvre enfant s'approcha et, sans dire autre chose que ces mots, qu'il put à peine articuler : « Maman! maman! » il se pencha sur le visage déjà glacé de sa mère.

« Ton père! dit-elle, d'un souffle de plus en plus haletant,... ton père aura besoin de toi!... Tu le consoleras... Tu lui rendras courage... Promets-moi... que tu seras un homme,... mon enfant,... mon grand!... Promets-le-moi! »

Puis, sur un geste de la mourante, ce fut le tour de Marguerite de s'approcher; à demi couchée sur le lit, elle vint poser sa joue brûlante contre la joue glacée de la mourante.

« Ma petite Marguerite,... mon enfant chérie!... murmura celle-ci... Je te les donne... Tu me remplaceras,... tu seras la petite maman... Aime-les bien... Aimez-vous bien tous les trois... Et n'oubliez pas!... Pensez à moi quelquefois... Pense à ta pauvre maman, Marguerite! »

Puis elle se tut, épuisée. Deux grosses larmes roulèrent, sous ses paupières refermées, jusque sur les mains de Michel. Bientôt après, elle tomba dans le coma; une sueur visqueuse et froide l'envahit tout entière; le pouls était devenu insaisissable, la vie s'en allait peu à peu.

Michel essaya encore de la ranimer en lui faisant sous la peau deux piqûres d'éther : les paupières se soulevèrent avec effort, découvrant des yeux dont la prunelle était à peine visible. Cependant Michel sentit la pauvre main de la mourante se crisper dans la sienne et crut voir en même temps ses lèvres s'agiter faiblement, comme si elle eût voulu parler. Il se pencha sur elle, l'oreille presque collée à sa bouche, mais il ne put saisir aucun son et un souffle presque froid vint le frapper au visage.

Le malheureux était à bout de forces. Les larmes débordaient de ses yeux, quoi qu'il fît pour les retenir. Ses idées devenaient confuses. Par moments, il était obligé de faire appel à toute son énergie pour ne pas tomber sans connaissance sur le corps de la mourante.

Elle vécut encore jusqu'au matin.

A huit heures, dans une suprême poussée de vie, elle ouvrit tout grands ses yeux si doux naguère, et ses lèvres laissèrent passer avec son dernier souffle ces trois mots : « Michel! Les enfants! » Puis les yeux se refermèrent pour toujours, pendant que la bouche demeurait ouverte. et le front s'inclina de côté, inerte.

Michel tomba, comme assommé, sur les genoux, et sanglota comme un enfant. Il demeura longtemps ainsi, abîmé dans sa douleur, n'ayant plus conscience de rien. Il pleurait tout haut, appelant sa femme, sa chère Marie, se refusant à croire que tout fût fini. Quoi! ce

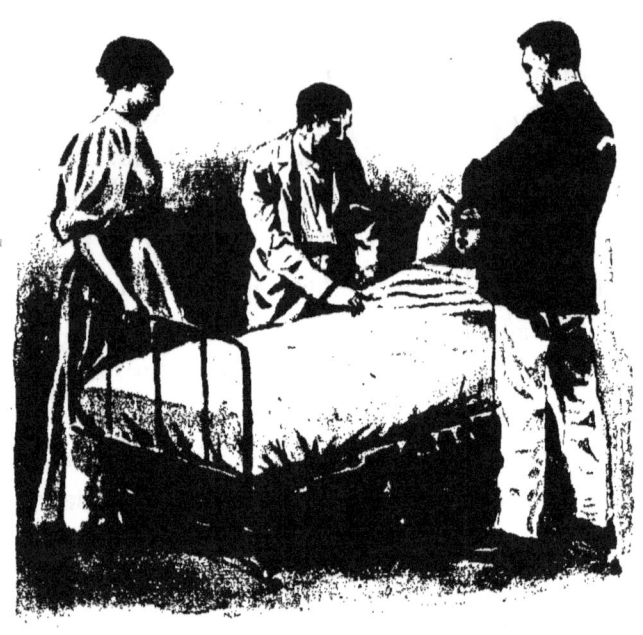

Puis ses yeux se refermèrent pour toujours.

corps insensible et glacé, c'était sa femme, la douce créature qui avait réalisé ses plus beaux rêves de jeunesse, qui lui avait fait connaître toutes les joies, toutes les ivresses de la vie! Cette main pâle et décharnée, c'était celle qui s'était mise toute vibrante de bonheur dans la sienne le jour où leurs destinées s'étaient unies! C'étaient ces lèvres pour jamais immobiles qui lui avaient murmuré tant de paroles délicieuses et douces! C'étaient ces yeux fermés pour toujours qui, pendant vingt ans, s'étaient

reposés sur les siens avec tendresse ! C'était cette poitrine, aujourd'hui dure et froide comme la dalle d'une
tombe, qu'il avait pressée tant de fois, palpitante de vie
et d'amour, sur son cœur !

Sa main était encore enlacée à la main de la morte,
il ne pouvait se résoudre à la retirer ; en restant ainsi,
il lui semblait qu'il retardait un peu le moment de la
séparation définitive ; il n'osait faire un mouvement,
craignant de rompre le charme. Mais alors une autre
main se posa sur son épaule, et la joue toute trempée
de larmes de Marguerite effleura sa joue.

Michel se redressa brusquement ; puis, tendant les bras
à ses enfants, il les étreignit en pleurant.

Au dehors, c'était une radieuse journée, un éblouisse-
ment de soleil sur le ciel bleu, des chants d'oiseaux, des
parfums de fleurs.

CHAPITRE VIII

Pauvres petits !

L'oncle Daniel arriva seulement le surlendemain avec un médecin de ses amis, le docteur Hugon, un ancien major de la marine marchande. Ils avaient pourtant brûlé les étapes, et venaient directement de Manakarana, avec une triple équipe de porteurs, marchant jour et nuit sans s'arrêter un seul instant. Malgré toute leur diligence, ils arrivaient hélas! beaucoup trop tard. Un des plus redoutables inconvénients des tentatives de colonisation à deux ou trois jours de distance d'un centre important, c'est précisément qu'en cas d'alerte, d'accident, de maladie grave, le secours indispensable arrive forcément avec un retard qui le rend souvent inutile.

Il est vrai que ces accès de fièvre pernicieuse affectent une marche si foudroyante qu'aucun remède ne pourrait sans doute les enrayer, ni même en reculer le fatal dénouement. Fût-il arrivé quarante-huit heures plus tôt, le docteur Hugon n'eût pu très probablement qu'assister impuissant à l'agonie de Mme Berthier.

En voyant l'installation de Michel, si confortable et si intelligemment agencée, avec une si parfaite entente des exigences du climat, le docteur ne comprit pas tout d'abord comment la catastrophe avait pu se produire. Pour en avoir l'explication, il se fit conduire à Maeva-samba, et à l'espèce de cimetière, situé à l'extrémité du village, où Mme Berthier avait suivi le cortège du vieux Raleidama. Là, il s'aperçut que ce cimetière se trouvait placé sur un versant déboisé de la colline où le village était construit, et qu'au bas de ce versant se creusait un vallon étroit qui semblait se prolonger assez loin. Il s'informa et son guide lui apprit que ce vallon aboutissait par l'une de ses extrémités au lac Solipana. Il comprit tout alors. Les abords de ce petit lac sont très marécageux, et, lorsque le vent vient de ce côté, il se charge de miasmes paludéens qu'il peut transporter fort loin, n'étant plus arrêté au passage par l'épais rideau des arbres brûlés par les habitants des villages voisins.

Malheureusement Michel n'avait point remarqué cette disposition particulière du terrain, et se croyait très suffisamment garanti par la distance qui le séparait du lac marécageux. C'était le seul coin dangereux des environs immédiats de l'habitation, et la fatalité avait voulu que ce fût précisément là que Mme Berthier eût été entraînée par la curiosité d'assister aux obsèques du vieux Saka-lave.

« Vous voyez l'effet de cette rage de déboisement sans logique et sans mesure? dit le docteur Hugon au vieux Daniel, en lui rapportant les résultats de son enquête. Il n'y a pas d'indigène qui hésiterait à mettre le feu à des forêts de cinq ou dix lieues, uniquement

pour défricher quelques centaines de mètres carrés de
terrain, ou pour se garantir contre une surprise des
Fahavalos. Étonnez-vous, après cela, que les fièvres
s'étendent dans l'intérieur! Tant qu'on n'aura pas interdit
absolument ces déboisements absurdes, personne ne sera
à l'abri du danger. C'est l'unique point faible de cette
position, qui est parfaitement saine sous tous les autres
rapports. Je suis convaincu que, sauf accident, on y est
dans de meilleures conditions hygiéniques qu'en n'importe quel coin de Mayotte, de Nossi-Bé, voire de Maurice ou de la Réunion. Il faut dire que cette pauvre femme,
surmenée par les fatigues accumulées de ses longs
voyages et de son installation, et aussi quelque peu
désorientée physiquement par un changement complet
d'existence, offrait peu de résistance au mal. Il est probable même qu'elle était plus anémiée qu'elle ne le
paraissait et que, pour ne pas inquiéter son mari et ses
enfants, elle mettait son énergie et son dévouement à
dissimuler l'affaiblissement qui la minait et la livrait
désarmée au premier accident venu. »

Mais, pour justes qu'elles fussent, ces considérations
théoriques du docteur Hugon n'avaient rien qui pût con-
soler le pauvre Michel. Après l'affreuse angoisse des premiers moments qui l'avait jeté à terre comme assommé
d'un coup de masse, il parut se ressaisir. A le voir
aller et venir avec une activité fébrile, s'inquiétant si
ses hôtes ne manquaient de rien, on put croire qu'il
avait repris son sang-froid. Puis ce fut la triste occupation des obsèques, dont il ne voulut laisser le soin
à personne; il fit abattre et scier devant lui l'un des
plus beaux arbres du jardin, et, avec les planches toutes

fraîches encore, fabriquer sous ses yeux le cercueil dans
lequel il ensevelit lui-même le corps de sa femme, sans
permettre à qui que ce fût d'y porter la main; puis, il
choisit un des plus jolis coins du petit parc qui entourait
la maison, le coin préféré de la chère morte, pour lui
préparer la retraite où elle devait dormir l'éternel sommeil. Ce fut là que, le jour même de l'arrivée de l'oncle
Daniel et du docteur Hugon, l'épouse tendre et dévouée,
la mère incomparable, fut descendue sous les yeux de son
mari et de ses enfants, navrés de douleur. Un père de la
mission de Befandriana, très vieux mais très beau avec
sa barbe blanche et son crâne, complètement chauve, dit
les dernières prières et prononça le dernier adieu dans
un langage simple et touchant.

Le vieux Daniel ne s'en retourna que le lendemain,
avec le docteur Hugon; il aurait même désiré rester plus
longtemps; malheureusement, un de ses bâtiments devait
partir pour la France avant la fin de la semaine avec un
plein chargement de caoutchouc, et sa présence était
indispensable. Au surplus, Michel n'insista point pour le
retenir. Malgré tous les témoignages d'affection qu'il
avait reçus de son excellent oncle, ce ne fut pas sans un
réel soulagement qu'il se retrouva seul avec ses enfants.
Les grands chagrins ont leur pudeur et leur égoïsme; les
consolations les irritent souvent et ne les bercent jamais
comme la solitude et le silence. Peut-être aussi, sans s'en
rendre compte exactement lui-même, se sentait-il au
cœur un sentiment de sourde rancune contre son oncle?
N'était-ce pas lui qui leur avait fait quitter la France et
les avait attirés dans ce maudit pays? Et, par suite,
n'était-il point la cause première de leur malheur? Mais

non, Michel ne devait accuser que lui-même. Pourquoi
avait-il accepté si légèrement de se lancer dans cette
dangereuse aventure, et surtout d'y entraîner avec lui sa
femme et ses enfants? Est-ce qu'il aurait jamais dû arracher la pauvre et délicate créature à son pays, aux habitudes de toute sa vie, à son intérieur confortable, à ses

Un père de la mission de Befandriana dit les dernières prières.

besoins de tranquillité, alors surtout que sa santé, qui
n'avait jamais été bien robuste, commençait à s'affaiblir
avec l'âge? Quelle nécessité si pressante l'avait poussé à
risquer ainsi leur vie à tous dans le seul but de rétablir
leur fortune compromise? N'auraient-ils pu être heureux, même avec une situation sensiblement amoin-
drie? C'était surtout, il est vrai, l'avenir de ses deux
enfants qui lui avait fait prendre cette fatale détermination; mais ils étaient jeunes, intelligents, aimables

tous les deux et se seraient certainement tirés d'affaire
sans cela; et du moins leur mère leur eût été conservée.

A force de remuer dans sa tête ces tristes réflexions,
Michel se laissa tomber peu à peu dans un abattement
profond d'où rien ne pouvait le tirer. Presque tout son
temps maintenant, il le passait auprès de la tombe de sa
femme, autour de laquelle il avait disposé avec amour
des massifs de plantes et d'arbustes à feuillage persis-
tant, de façon à ce qu'en toute saison elle fût entourée
de verdure; en face, il avait ménagé un banc où il venait
s'asseoir de longues heures, rêvant au passé, tout au
souvenir de l'être charmant et aimant qui n'était plus.
Marguerite et Henri se désolaient; à maintes reprises ils
avaient essayé d'arracher leur père à ce farouche besoin
d'isolement dans lequel il se renfermait, mais ils s'étaient
heurtés à une résistance passive, plus inébranlable peut-
être qu'un violent emportement. Le pauvre homme en
arriva à tout négliger, à tout oublier, ne répondant
même plus à l'appel de la cloche des repas. Aussi les
affaires de l'exploitation ne tardèrent-elles pas à n'aller
que d'une aile. N'étant plus ni dirigés ni surveillés, les
travailleurs indigènes retournèrent rapidement à leur
indolence naturelle; quelques-uns même désertèrent.
Les travaux furent interrompus les uns après les autres
une grande partie de la journée. La situation s'aggrava
de jour en jour et menaça de prendre une mauvaise
tournure, si cela devait continuer encore quelque temps;
et c'était la ruine inévitable à bref délai, la dissolution,
l'anéantissement de l'exploitation avant même qu'elle
eût été complètement mise sur pied.

Marguerite et Henri assistaient, le cœur navré, à ce

désastre, qu'ils ne savaient comment empêcher. Heureusement les dernières paroles que la pauvre morte leur avait
murmurées dans son agonie leur inspirèrent de viriles
et énergiques résolutions et, après s'être consultés longuement tous deux, ils arrêtèrent une ligne de conduite

Berthier-Lautrec passait presque tout son temps auprès de la tombe
de sa femme.

toute nouvelle. Du jour au lendemain, les deux jeunes
gens, les deux enfants, mûris soudain par le malheur,
se grandirent à la hauteur des circonstances. Ramassant
l'autorité que son père avait laissé tomber, Henri, avec
une vigueur, une décision et une maturité d'esprit qu'on
n'aurait pu attendre d'un garçon de dix-neuf ans à peine,
prit en main la direction et le gouvernement des multiples détails de l'exploitation. En moins de huit jours,

tout changea de face, ou plutôt tout reprit l'ancienne
physionomie active et vivante que Michel avait su lui
imprimer. Payant largement de sa personne, Henri se
montrait partout à la fois; toujours le premier arrivé sur
les chantiers ou au milieu des défrichements, il en partait aussi le dernier. Et ce rôle, qu'il avait assumé si
courageusement, il sut le remplir avec tant de fermeté et
tant de douceur à la fois qu'il se fit accepter sans peine
des nombreux travailleurs indigènes.

De son côté, Marguerite, sans secousse, sans heurt,
sans brusquerie, réussit rapidement à s'imposer comme
maîtresse de maison incontestée, non seulement à ses
domestiques makoas et comoriens, mais encore aux gens
du village, aux passants, aux étrangers qu'une circonstance quelconque mettait en rapport avec elle. Avec
son père, elle usa des plus grands ménagements, mais,
en même temps d'une fermeté toujours en éveil, et parvint à prendre sur lui un ascendant considérable. Quand
il ne répondait pas au coup de cloche du dîner, elle allait
le chercher là où elle était toujours sûre de le trouver,
c'est-à-dire sur le banc du parc qu'il ne quittait guère de
la journée; et, passant gentiment son bras sous le sien,
elle l'entraînait doucement, affectueusement, souvent
sans même lui parler. Il ne résistait point, du reste, et
se laissait faire comme inconsciemment.

A table, il montrait le même détachement de toutes
choses, buvant et mangeant ce qu'on lui servait sans
faire la moindre observation, étranger à tout ce qui se
passait ou se disait autour de lui. Et cependant c'était
alors, dans ces heures de détente et d'intimité, que Henri
et Marguerite échangeaient leurs impressions et leurs

observations sur les menus incidents de la journée, sur l'avancement de certains travaux et le ralentissement de certains autres, sur les embarras sans cesse renaissants entraînés par l'irrégularité du service de la main-d'œuvre. Sans affecter de laisser leur père en dehors de leur conversation, ils évitaient de lui adresser directement la parole, afin de ne point le forcer à leur répondre, épiant néanmoins du coin de l'œil un éveil de sa mémoire ou un retour de sa curiosité.

Ils attendirent longtemps, hélas! avant que rien de semblable se produisît. Un matin cependant que Henri annonçait joyeusement à sa sœur qu'une nouvelle équipe de travailleurs indigènes venait enfin d'arriver du village de Bomazonga, pour la première fois depuis bien des semaines, Michel parut sortir de sa torpeur; il est vrai que ce fut pour hausser les épaules d'un mouvement de lassitude infinie; puis, comme Henri, tout déconfit, regardait tristement son père, celui-ci finit par lui dire :

« A quoi bon te donner tout ce mal, mon pauvre enfant? Ne vois-tu pas que j'en ai assez de cet affreux pays et qu'un jour ou l'autre je m'en vais tout planter là pour m'en retourner en France? »

Toute pâle, Marguerite se leva brusquement et s'écria :

« Tu voudrais abandonner maman ici? Ah! papa, je n'aurais pas cru cela de toi. »

Michel leva les yeux sur ses enfants et, les voyant tous deux les joues ruisselantes de larmes, un cri rauque s'échappa de sa poitrine et, ouvrant les bras à Marguerite et à Henri qui s'y jetèrent heureux d'avoir enfin retrouvé leur père, il leur dit :

« C'est vrai, je ne pensais pas à cela. Jamais, non, jamais je n'abandonnerai votre mère. Vous avez raison, mes chers petits, notre place à vous et à moi est ici. Nous y resterons. »

A partir de ce moment, Michel reprit goût à son exploitation, et ne songea plus qu'à consacrer tout ce qu'il avait de force, d'intelligence et de cœur à poursuivre énergiquement avec l'aide de son fils le succès de l'entreprise où il avait mis la plus grosse partie de son avoir et de celui des siens.

Malheureusement, la situation était critique. Les travailleurs indigènes, à peine arrivés, ne tardaient pas à s'esquiver, la nuit tombée, pour ne plus revenir; d'autres étaient rappelés directement dans leur village ou ailleurs sous prétexte de corvée royale, le *fanampcana* (prononcez *fanampouane*) auquel nul ne doit se soustraire. Michel en vint à croire que le Premier Ministre, ou tout au moins ses fonctionnaires provinciaux, notamment le gouverneur du Boueni, Ramasombazah, s'étaient juré de le décourager et de le forcer à jeter le manche après la cognée; en quoi du reste il ne se trompait guère. En effet Rainilaïarivony n'a qu'une idée, c'est de ne pas laisser les Européens prendre pied à Madagascar. Par amour de l'argent, pour toucher le cautionnement et sa part dans les bénéfices, il se laisse entraîner parfois à accorder quelque concession, mais il n'a de cesse que les concessionnaires n'aient renoncé d'eux-mêmes à poursuivre l'expérience; pour les y amener, en dehors même de la corvée, il n'y a pas de vexation, de provocation qu'il ne leur fasse subir, entravant tant qu'il le peut leurs transactions commerciales, allant même parfois jusqu'à

susciter contre leurs personnes des attentats jamais
réprimés.

Quant aux réclamations, aux demandes d'indemnité,
c'était peine perdue. Michel écrivit à la Résidence
générale, demandant qu'une démarche fût faite auprès

Michel ouvrant les bras à sa fille.

du Premier Ministre pour lui rappeler ses promesses,
ou plutôt les engagements formels pris par lui dans
le traité qui avait été signé entre eux. La réponse
qu'il reçut n'était pas encourageante. La démarche
avait été faite et Rainilaïarivony s'était confondu en
regrets et en assurances de bienveillante intervention;
mais hélas! on savait ce qu'en valait l'aune de ces bonnes

paroles, et il ne fallait pas trop compter sur leur réali-
sation. Malheureusement il n'y avait rien d'autre à tirer
de ces gens-là; la plus savante et la plus habile diplo-
matie se serait brisée contre la mauvaise foi et la force
d'inertie du Premier Ministre. Les représentants de la
France avaient essayé successivement de la douceur, de
la fermeté, voire de la brutalité; ils avaient tous échoué
les uns après les autres; leur position d'ailleurs était
presque toujours fausse, puisque leurs réclamations,
plus ou moins énergiques, ne pouvaient être soutenues
par un chiffre de troupes suffisant. Et il en sera ainsi
tant que le gouvernement hova pourra échapper à notre
influence, et que, renfermé derrière ses montagnes, il
se croira à l'abri d'une intervention directe de notre
part.

Mais Michel ne se tint pas pour battu. Maintenant
qu'il avait recouvré toute son énergie, il se jura que rien
ne lui ferait abandonner son œuvre, et qu'il soutiendrait
la lutte jusqu'au bout, encore qu'il sût ne pouvoir
compter que sur lui-même.

Et d'abord, puisque ses travailleurs indigènes l'avaient
quitté pour la plupart et qu'il ne pouvait faire grand
fond sur les autres, il se décida à les remplacer tous par
des Comoriens, des Makoas, voire par des créoles de
Maurice engagés directement par lui, grâce surtout à
l'intermédiaire de son oncle Daniel; ils lui coûteraient
naturellement beaucoup plus cher, mais au moins ils ne
lui manqueraient pas à l'heure voulue.

Le danger était que le gouverneur de la province,
Ramasombazah, principal instrument du Premier Ministre
dans cette lutte sans merci, furieux de voir que rien ne

pouvait décourager ce tenace Français, et redoutant par-dessus tout de s'aliéner les bonnes grâces du tout-puissant autocrate, en arrivât à ne reculer devant aucune infamie, devant aucun crime, pour se débarrasser d'un aussi gênant adversaire.

CHAPITRE IX

Assassinat de Michel.

Une après-midi, en revenant d'un court voyage d'affaires à Befandriana avec une escorte de sept soldats hovas plus ou moins sérieusement armés, que son excellent ami le gouverneur de ce gros village lui avait donnée, Michel tomba dans une embuscade de *Fahavalos* qui avaient revêtu le lamba de cotonnade bleue, le vêtement de guerre de Sakalaves. A la première décharge, un homme de l'escorte ayant été atteint, tous les autres détalèrent aussitôt sans demander leur reste. Immédiatement les bandits sautèrent prestement sur les bagages à leur portée et gagnèrent au large, sans même riposter aux coups de revolver de Michel.

Huit jours après, accompagné d'un chef de village du voisinage, il revenait de Maivarano, localité assez importante située à l'entrée de la rivière Loza, au nord de la baie de Narinda, lorsqu'au passage d'un gué il se trouva encore nez à nez avec un fort parti de *Faha-*

valos. Peu intimidé, car il connaissait la lâcheté de ces gens-là, Michel marcha droit à celui de la bande qui paraissait le chef et, le revolver à la main, essaya de parlementer avec lui lorsque le chef du village qui l'accompagnait, dont le premier mouvement avait été de se terrer prudemment, se hasarda à sortir de son trou; reconnaissant alors des amis parmi les assaillants, il s'avança et arrangea l'affaire : moyennant quelques piastres et un litre de rhum, la paix fut signée et l'on se quitta très bons amis, après avoir échangé force compliments et quelques recommandations confidentielles sur les coups à faire.

Malgré la façon plutôt comique dont cette dernière aventure avait tourné finalement, Michel fut frappé de la coïncidence de ces deux attentats contre sa personne se suivant de si près et dont, sans son allure décidée et la lâcheté des bandits, il ne se serait peut-être pas tiré si heureusement.

Ces *Fahavalos* (qu'on prononce *Fahavale*) ont de tout temps mis en coupe réglée, périodiquement et régulièrement, le pays des Sakalaves, s'attaquant de préférence aux femmes et aux enfants qu'ils emmènent pour les revendre comme esclaves et enlevant tous les bœufs qu'ils rencontrent sur leur route; mais ils s'attaquent rarement aux Européens, à moins que ceux-ci ne soient isolés ou insuffisamment accompagnés; encore se contentent-ils, le plus souvent, dans ce dernier cas, de les soulager de leurs bagages.

C'est une véritable institution, qui semble se développer tous les jours. Elle se recrute de plusieurs façons, et d'abord parmi les indigènes que leurs mauvais instincts poussent naturellement au vol, au pillage, aux crimes de toute sorte; autour de ce premier noyau viennent se grouper de pauvres diables désireux de se soustraire à l'impôt de la piastre et au *fanompoana*, à la corvée; puis des esclaves fugitifs et des soldats déserteurs. Enfin il

Michel marcha droit au chef de la bande.

arrive assez souvent que certains négociants, plus avisés que scrupuleux, viennent grossir les rangs de cette armée d'irréguliers, afin de réaliser rapidement et secrètement des bénéfices qu'ils peuvent mieux dissimuler aux agents du fisc que ceux qu'ils trouveraient dans un commerce régulier et au grand jour.

Pour ne pas être contrariés dans leurs opérations, les Fahavalos s'arrangent de façon à ne pas être reconnus, se grimant et se barbouillant le visage de toutes les cou-

leurs et se cachant même la tête sous des barbes de chè-
vre et des oreilles de bœuf. L'expédition terminée, ils
rentrent tranquillement chez eux, reprenant leurs occupations de bons pères de famille et se plaisant parfois à
raconter aux amis les bons coups qu'ils ont faits, comme
chez nous les soldats de retour dans leurs foyers racon-
tent leurs campagnes.

Quoi qu'il en soit, et bien qu'il ne se crût pas menacé
sérieusement, chez lui, au milieu de tout son monde,
par des bandits dont il avait éprouvé d'autre part la
couardise, Michel n'en faisait pas moins bonne garde
autour de sa concession, bien décidé à se défendre vigoureusement lui-même avec ses propres ressources s'il était
attaqué ; jamais il ne s'écartait du centre sans être suffisamment armé et accompagné. A plusieurs reprises même,
il s'était joint à quelques autres propriétaires, européens,
ou indigènes, de la région pour donner la chasse à
quelque bande signalée dans les environs et lui ôter l'idée
de revenir à la charge.

Un jour, au commencement de septembre 1894, le
gouverneur de Maivarano lui envoya un émissaire pour
l'aviser que deux à trois cents Fahavolos, venant du
nord où ils avaient dévasté et pillé nombre de villages,
se dirigeaient vers Maivarano, et l'inviter, ainsi que les
autres Européens du voisinage, à se joindre aux soldats
hovas chargés de repousser les brigands. Bien que ledit
gouverneur ne lui inspirât qu'une confiance médiocre, il
ne crut pas devoir se refuser à cet appel. Henri ne vit
pas partir son père sans inquiétude, de vagues pressen-
timents l'agitaient ; mais Michel ne voulut pas qu'il l'ac-
compagnât ; il lui fit comprendre que sa sœur ni la

maison ne pouvaient pas rester abandonnées à elles-
mêmes, il lui recommanda même de faire meilleure
garde que jamais, au cas où cette communication du
gouverneur de Maivarano cacherait un piège. D'ailleurs,
lui-même ne resterait pas absent longtemps; s'il y avait
réellement un coup de balai à donner pour se débarrasser
de cette vermine, ce serait l'affaire de deux ou trois jours
au plus; et après, du moins, on serait tranquille sans
doute pour quelque temps.

Deux jours, trois jours se passèrent, puis quatre, puis
cinq, sans que Michel fût de retour, ni même qu'il
donnât de ses nouvelles. Très inquiet, Henri songeait
déjà à envoyer un homme de confiance à Maivarano,
lorsque le matin du sixième jour Naïvo, que Michel avait
emmené avec lui, arriva à la concession, exténué de
fatigue, presque sans vêtements, méconnaissable.

Voyant qu'il était seul, Henri se précipita, le cœur
serré d'une horrible angoisse :

« Où est mon père, Naïvo? s'écria-t-il. Pourquoi ne
revient-il pas avec toi?

— Maître toué! balbutia le noir d'une voix à peine
intelligible.

— Mon père tué! Ce n'est pas possible! Ce n'est pas
vrai! » fit le malheureux Henri, en s'effondrant sur un
siège.

Mais presque aussitôt il se redressa, dans un mouvement de révolte. Il se refusait à croire à cette épouvantable catastrophe, et se rattachait à l'espoir de quelque
malentendu, d'une méprise qui ne tarderait pas à
s'éclaircir.

Encore sous le coup d'une terreur qui l'empêchait

presque de parler, Naïvo se faisait arracher les mots un
à un, et l'impatience bien naturelle de Henri rendait les
explications du pauvre noir encore plus confuses. A
force de le questionner, de le retourner dans tous les
sens, Henri finit cependant par en tirer le récit à peu près
complet de ce qui s'était passé.

Arrivés à Maivarano, ils avaient retrouvé quelques
Européens établis dans la ville même et aux environs,
une dizaine en tout, entre autres un Anglais, M. Louve-
mont, employé de la maison Rebut et Sarrante, et un
Français, M. Gellé, employé de la maison de Lastelle.
Tous se joignirent aux soldats du gouverneur, qui marchait lui-même en tête avec ses nombreux *dikan* (aides
de camp) en grand costume. A dix kilomètres de Maivarano, près de la rivière Antambo, quelqu'un signala les
Fahavalos qui occupaient le village de Bomazonga.
Immédiatement, avant même qu'un seul coup de fusil eût
été tiré, toute l'escorte, gouverneur et aides de camp en
tête, lâcha pied à la fois, avec un ensemble qui avait bien
l'apparence d'une complicité. Les dix Vasahas restèrent
seuls avec quelques serviteurs qui les avaient accompagnés ; ils étaient bien armés et décidés, ils se défendirent
énergiquement et tuèrent bon nombre de bandits à coups
de fusil et de revolver. Mais ceux-ci étaient plus de trois
cents et ils avaient presque tous des snyders. Quand les
Vasahas eurent épuisé leurs munitions, les Fahavalos les
entourèrent et se jetèrent dessus tous à la fois à coups
de sagaie et de crosse de fusil.

« Mais mon père s'est peut-être échappé. Tu t'es bien
échappé, toi! » dit Henri, ne voulant pas encore désespérer.

Naïvo secoua tristement la tête.

« Mais enfin qu'est-ce qui te fait croire le contraire?

— Je l'ai vu.

— Tu l'as vu?

— Oui, maître, tous les Vasahas, une fois toués, ont eu tête coupée. Fahavalos mis têtes à sagaies, et promené

Le malheureux Henri s'effondra sur un siège.

beaucoup longtemps avec, hurlant et dansant; puis, après, mis têtes au bout de pieux devant case chef du village.

— Et tu as vu, là...? » dit Henri d'une voix étranglée, sans pouvoir finir sa phrase; puis, le noir ayant fait un signe affirmatif, il éclata en sanglots.

Attirée par tout ce bruit, Marguerite accourut et, devinant aussitôt le nouveau malheur qui venait de les frapper, elle poussa un cri d'horreur, et roula par terre, foudroyée. Ce ne fut qu'au bout d'une heure qu'elle sortit de cet évanouissement pour s'abandonner à une longue crise de larmes.

Henri se remit le premier. Malgré tout, il ne pouvait chasser un reste d'espoir. Tant qu'il n'aurait pas vu par lui-même les témoignages irrécusables de la catastrophe, il ne croirait pas à sa réalité. Il interrogea de nouveau Naïvo minutieusement, revenant sur chaque détail, espérant trouver dans les réponses du noir une contradiction, ou une lacune qui laissât la porte ouverte à quelque espérance.

« Mais enfin, lui demanda-t-il, comment as-tu pu, toi, échapper au massacre et cependant voir tout ce qui s'est passé? »

Alors le noir raconta qu'à demi assommé à coups de crosse il était tombé un des premiers, pendant qu'on s'acharnait sur les Vasahas ; pour ne pas être achevé, il n'avait plus bougé, faisant semblant d'être mort. Il était resté ainsi jusqu'au milieu de la nuit; puis, pendant que les Fahavalos célébraient leur victoire en buvant du rhum et en dansant comme des furieux autour de leurs sanglants trophées, il avait réussi à se traîner jusqu'à la rivière Antambo, où il s'était baigné pour reprendre des forces. Après quoi il s'était remis en route pour revenir à Maevasamba.

« Et tu es sûr du village? Tu le reconnaîtrais?

— Bomazonga? Moi été cent fois! Moi conduirais Bomazonga yeux fermés !

— Eh bien! tu vas m'y conduire! »

Les dix Vasahas se défendirent énergiquement.

Et, se tournant vers Marguerite, Henri ajouta :

« Tu comprends, n'est-ce pas, ma chérie, qu'il faut
avant tout que nous ayions la certitude absolue qu'il n'y
a plus rien à espérer? Et même, si Naïvo n'a dit que
trop vrai, il faut que du moins je rapporte les restes de
notre pauvre père pour les ensevelir ici, à côté de notre
mère. Ce sera, hélas! notre seule consolation. »

Marguerite, courageuse comme son frère, ne dit pas
un mot pour détourner Henri de sa dangereuse résolution. Elle comprenait comme lui que moins il tarderait
et plus il aurait de chances de retrouver son père, mort
ou vivant. Elle lui recommanda seulement d'agir prudemment et voulut absolument qu'il se fît accompagner
d'une vingtaine d'hommes bien armés, choisis parmi
leurs travailleurs les plus vigoureux et les plus sûrs, au
risque de rester elle-même exposée aux pires dangers.

En moins de deux heures tout fut réglé, les vingt
hommes d'escorte choisis, armés de fusils et de revol-
vers, et munis de vivres pour deux jours. Quant à Naïvo,
comme il était trop faible pour fournir une semblable
traite, on l'installa dans un filanzane, que ses camarades
se chargèrent de porter à tour de rôle. Avant de se
mettre en route, Henri chargea sa sœur d'envoyer un
exprès à Manakarana pour informer son oncle de ce qui
était arrivé et le prier de venir à Maevasamba le plus
rapidement possible.

L'expédition de Henri était assez hasardeuse; elle réussit
cependant à souhait. Selon leur habitude, les Fahavalos,
leur coup fait, avaient poussé plus loin, abandonnant
sur place les cadavres mutilés de leurs victimes. Lorsque Henri arriva à Bomazonga même, le village était com-

plètement désert; les habitants, peu soucieux d'être mêlés à une affaire dans laquelle ils auraient peut-être pu être soupçonnés, à plus ou moins juste titre, de complicité, s'étaient empressés de détaler dès que son approche avait été signalée. Le pauvre garçon, guidé par Naïvo, marcha droit à la case du chef du village, et devant la porte, fichée sur un pieu tout dégouttant de sang, il reconnut la tête livide de son père. Avec un courage et une énergie extraordinaires, il détacha lui-même cette sanglante dépouille et, toujours précédé de Naïvo, il se mit à la recherche du corps; il le trouva du reste facilement, car les Fahavalos ne s'étaient mên pas donné la peine de faire disparaître les vestiges de leur odieux forfait; ils s'étaient contentés de dépouiller les victimes de tous les objets de quelque valeur qu'elles pouvaient avoir sur elles.

La tête et le corps du malheureux colon, soigneusement enveloppés dans un lamba, furent placés sur le filanzane qui avait servi à Naïvo pour venir de Maevasamba. Avant de repartir, toutefois, Henri, par une pieuse pensée de solidarité chrétienne et patriotique, fit creuser au pied d'un grand arbre, à l'entrée du village, une large fosse, où l'on déposa les restes des neuf Européens qui avai partagé le sort de son père; puis il se remit en route et regagna sans fâcheux incident Maevasamba, où sa ur l'attendait avec une fiévreuse impatience.

Ce fut pour les deux pauvres enfants un grand soulagement à leur immense douleur d'être rentrés en possession du corps de leur père, et de pouvoir lui donner une sépulture convenable, celle qu'il aurait voulue lui-même, à côté de la tombe de leur mère. Doublement

frappés dans ce qu'ils avaient de plus cher par les deux
fléaux de l'île, l'insalubrité et l'insécurité, ils allaient se

Devant la case du chef Henri reconnut la tête de son père.

trouver seuls, loin de leur pays, dans la situation la plus
difficile, à l'âge où la vie est ordinairement si légère et si
douce.

Lorsque le vieux Daniel arriva, il leur demanda ce

qu'ils comptaient faire et se mit à leur entière disposition
pour les aider à liquider leur exploitation dans les
moins mauvaises conditions possibles et leur faciliter le
retour en France, où ils trouveraient sans doute auprès
de la famille et des anciens amis de leurs parents plus
de commodités pour arranger leur vie à venir. Mais, à
sa grande surprise, Henri et Marguerite, tout en remerciant avec effusion l'excellent homme de ses offres, lui
déclarèrent que leur parti était pris irrévocablement,
qu'ils étaient tous les deux d'accord pour continuer
l'œuvre de leur père ; que, dussent-ils à leur tour suc-
comber à ce poste d'honneur qui leur avait déjà pris leur
père et leur mère, ils ne le déserteraient pas ; le coin de
cette île funeste où reposaient pour l'éternité Michel Berthier et sa femme serait désormais la patrie de leurs
deux enfants. Convaincu en outre, d'après ce que lui
avait dit le noir Naïvo, que toute l'expédition de Maivarano n'avait été qu'un guet-apens arrangé par le gouverneur de ce village et Ramasombazah lui-même pour
complaire au Premier Ministre en le débarrassant de
colons européens décidément trop énergiques et trop
tenaces, Henri s'était juré de ne jamais quitter le pays,
tant que la mort de son père n'aurait pas été vengée.

Tout attendri par ces viriles paroles, qui contrastaient
si étrangement avec la jeunesse de son petit-neveu,
l'oncle Daniel le pressa entre ses bras. Il regrettait amèrement d'être trop absorbé par ses affaires pour mettre
tout son temps à leur service ; mais il se faisait fort de
leur procurer deux ou trois personnes sûres et expéri-
mentées qui pourraient les seconder très effectivement à
la tête de leur exploitation. Quant à la mort de Michel,

lui aussi ne serait heureux que lorsque ces odieux bandits du gouverneur auraient été châtiés comme ils le
méritaient. Bien entendu, toutes réclamations, toutes
protestations n'aboutiraient à rien pour le moment ; mais
les circonstances pouvaient changer, et plus tôt peut-être
qu'on ne pensait. Voilà qu'on commençait à parler

L'oncle Daniel promit à son neveu de le seconder.

sérieusement d'une expédition que le Gouvernement français se déciderait enfin à envoyer à Madagascar pour
demander compte à la Reine et au Premier Ministre de
toutes les infamies commises au préjudice de nos natio-
naux. La situation deviendrait alors bien meilleure pour
les jeunes colons; on atteindrait et on châtierait les
assassins de Michel, en même temps que l'avenir de la
concession serait assuré.

L'oncle Daniel resta encore quelques jours avec Henri
et Marguerite, qu'il ne pouvait se décider à laisser seuls;
mais enfin, les voyant si braves et si résolus, il partit
avec moins de regrets, en leur promettant de venir les
voir le us fréquemment qu'il pourrait.

Quelques semaines après, fidèle à sa promesse, il leur
envoyait les personnes de confiance dont il leur avait
parlé, et, ce qui réjouit encore plus ses deux petits-
neveux, une lettre où il leur annonçait que l'Expédition
de Madagascar était décidée, que les crédits nécessaires
avaient été votés à l'unanimité par la Chambre des
députés et le Sénat, et que le départ du Corps expéditionnaire était dès à présent fixé au commencement de
la saison sèche.

Henri et Marguerite se jetèrent en pleurant dans les
bras l'un de l'autre, et, pour la première fois depuis la
mort de leur père, un rayon de joie vint éclairer la tris-
tesse de leurs deux jeunes visages et de leurs deux vaillants cœurs.

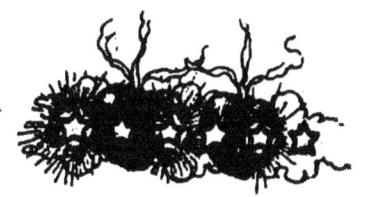

Pendant l'Expédition

CHAPITRE PREMIER

Au quartier général.

Le 29 février 1895, le *Shamrock* entrait en rade de
Majunga, ayant à bord le général Metzinger, Commandant
en chef provisoire du Corps expéditionnaire. Dès le lendemain, Henri et Marguerite Berthier-Lautrec, en
grand deuil, se présentaient à la porte de la Maison Sha-
kadam, où le quartier général avait été installé.

La consigne était formelle : défense de laisser entrer
personne en dehors du service. Aussi les deux visiteurs
furent-ils impitoyablement repoussés par le planton,
tirailleur algérien du plus beau noir.

Sans se décourager, ils s'éloignèrent de quelques pas
seulement, attendant sans doute qu'une heureuse circonstance leur permît de franchir cette porte si bien
gardée.

Le hasard parut en effet vouloir les favoriser; car au
bout de quelques minutes un officier en tenue de campagne, avec le triple galon d'or sur la manche de son

veston, sortit de la maison, tenant à la main une liasse
de papiers, qu'il feuilletait d'un air très absorbé.

Mû par une inspiration soudaine, Henri s'avança et,
abordant poliment l'officier :

« Mon capitaine, lui dit-il, je désirerais parler au
Général.

— Impossible ce matin, monsieur! répondit l'officier
assez brusquement. Le Général ne reçoit personne. Nous
avons de la besogne par-dessus la tête, et vous comprenez...

— Il faut pourtant que je le voie!

— Oui, il le faut! » ajouta Marguerite, en s'approchant
à son tour.

Surpris, le capitaine regarda la jeune fille, vraiment
touchante à voir et dont le petit ton résolu contrastait
d'une façon piquante avec la fraîcheur et la grâce de
ses dix-sept ans.

— Mon Dieu, mademoiselle, reprit-il d'une voix
radoucie, je ne demanderais pas mieux que de vous être
agréable, mais je vous assure que ce n'est pas possible.
L'ordre est pour tout le monde. »

Si peu coquette que fût Marguerite, elle était femme,
et elle se rendit parfaitement compte du changement
subit que son intervention inattendue avait produit dans
le ton de l'officier. Aussi, refoulant sa timidité naturelle,
osa-t-elle insister.

« Je suis sûre, dit-elle en souriant gentiment, que si
vous voulez bien essayer vous obtiendrez de M. le Général
qu'il consente à nous recevoir. Ce que nous avons à
lui dire, mon frère et moi, est de la plus grande importance pour nous, et ne peut manquer de l'intéresser
aussi lui-même.

« Mon capitaine, dit Henri; je désirerais parler au Général. »

— Écoutez, mademoiselle, répondit le capitaine
ébranlé, je veux bien essayer, mais j'ai peur de ne point
réussir. Le Général n'est pas de très bonne humeur; en
débarquant nous n'avons rien trouvé de prêt, et il faut
que nous fassions tête à tout; nous sommes débordés.
Le moment est vraiment mal choisi.

— C'est que nous ne l'avons pas choisi, monsieur;
nous l'attendons depuis si longtemps et avec tant d'impatience! dit doucement Marguerite en glissant encore du
côté de l'officier un regard persuasif.

— Je vais me faire rabrouer de la belle façon! Enfin,
je ne peux pas vous refuser ce qui semble vous tenir si
fort au cœur. »

Faisant signe au planton de s'effacer pour les laisser
passer, il introduisit les deux jeunes gens dans une anti-
chambre assez vaste; les y laissant, il frappa légèrement
à une porte, et entra sans attendre de réponse.

Puis d'autres portes s'ouvrirent et se fermèrent; à travers une cloison, qui ne devait pas être fort épaisse, on
entendit des éclats de voix, qui semblaient indiquer que
la négociation n'allait pas toute seule. Enfin les choses
finirent sans doute par s'arranger, car on distingua
bientôt ces paroles prononcées avec une rondeur quelque
peu narquoise :

— Ah! Ah! mon cher Gaulard, c'est sans doute parce
qu'il s'agit d'une jolie personne que vous insistez autant!
Allons! c'est bon, allez me chercher vos protégés, et
tâchez surtout qu'ils ne restent pas trop longtemps; nous
n'avons pas de temps à perdre aujourd'hui? »

La « jolie personne » rougit jusqu'aux oreilles, tout en
lançant du côté de son frère un sourire de triomphe.

Presque aussitôt le capitaine Gaulard reparut et dit aux deux jeunes gens que le Général, fort occupé, chargeait le colonel Lebreton, un de ses principaux officiers, de les recevoir à sa place ; puis il les fit passer, en leur recom- mandant de ne pas trop prolonger leur visite.

— Vous avez demandé à voir le Général? » dit le colonel en s'inclinant poliment.

Alors Henri Berthier-Lautrec raconta avec une émotion communicative les tristes événements qui les avaient laissés orphelins tous deux à quinze cents lieues de Paris, où ils étaient nés et où ils avaient grandi.

Le jeune homme sut trouver, surtout en rappelant les détails navrants du meurtre de son père, des paroles si touchantes que sa sœur éclata en sanglots et que le colonel, ému lui-même, les assura tous deux de son vif intérêt.

« Ce que je vous demande, mon colonel, répondit Henri, c'est de venger la mort de notre père, en faisant châtier ses assassins comme ils le méritent.

— Je vous promets, en ce qui me concerne, dit le colonel, de m'employer de mon mieux pour vous donner satisfaction.

— Ce n'est pas tout, mon colonel. Je n'oublie pas non plus que je suis Français. S'il ne m'est pas possible, en raison de mon âge, de solliciter de vous un fusil et une place dans le rang, je pourrais du moins, grâce à ma con- naissance du pays, de la langue, des habitudes des Mal- gaches, vous rendre quelques services comme secrétaire, interprète ou simple guide.

— Ah ! pour cela, ce n'est pas aussi facile que vous pensez, répondit le colonel. Ici, tout le monde est classé, numéroté, immatriculé. Vous ne rentrez dans aucun de nos cadres, et je ne vois pas trop comment je pourrais utiliser votre bonne volonté. D'ailleurs, vous n'êtes pas seul, vous ne pouvez pas abandonner Mademoiselle dans un pays si peu sûr et au milieu de circonstances si troublées.

— Oh! ne vous inquiétez pas de moi, monsieur le colonel, dit Marguerite.

— Notre oncle est installé dans d'excellentes conditions à Manakarana, ajouta Henri. Il adore ma sœur et ne demande qu'à la prendre avec lui jusqu'à la fin de la campagne.

— Allons! je vois que vous avez réponse à tout, conclut le colonel. Je tâcherai, avec le chef d'état-major, de trouver un joint pour vous attacher au quartier général. Revenez me voir dans deux ou trois jours, je vous dirai si la chose est possible. »

CHAPITRE II

La revanche de l'oncle Daniel.

Trois jours après, Henri Berthier-Lautrec se présentait à la Résidence de France, où le quartier général avait été transporté. Mais il se heurta à des consignes extrêmement rigoureuses, et cette fois personne ne se trouva là à point nommé pour l'aider à les franchir. En vain il insista, protestant que c'était le colonel Lebreton lui-même qui lui avait dit de venir, qu'il le recevrait. Comme ce n'était pas pour affaires de service, on ne l'écouta même pas, et il dut se retirer finalement, sans toutefois se décourager.

Deux autres tentatives n'ayant pas eu un meilleur résultat, Henri se souvint fort à propos de l'obligeance que lui avait montrée, à lui et à sa sœur, un des officiers d'ordonnance du Général, le capitaine Gaulard, et résolut de recourir de nouveau à son entremise. Il eut assez de chance pour mettre la main le jour même sur l'aimable officier, qui se montra cette fois encore très gracieux.

« Il ne faut pas vous étonner que nous vous ayons un peu oublié, lui dit-il. Nous sommes obligés de faire face à tous et à tout. Mais je vous promets de saisir le premier moment favorable pour rappeler au colonel votre offre de mettre à sa disposition votre connaissance des gens et de la langue du pays. Laissez-nous encore quelques jours pour nous retourner et je m'engage à vous obtenir une réponse qui, je l'espère, vous donnera toute satisfaction.

Henri remercia chaleureusement le capitaine Gaulard et regagna la petite maison indienne où il s'était installé avec sa sœur pour suivre de plus près son affaire. Il y trouva leur oncle Daniel Berthier-Lautrec, arrivé une heure auparavant de Manakarana.

En apprenant de la bouche de son neveu dans quel embarras se débattait le haut commandement, Daniel poussa les hauts cris.

« Je me doutais bien que ça ne marchait pas! dit-il. Je n'ai fait que traverser la ville, et ce que j'ai vu m'a suffi. Tous ces soldats qui vont et viennent, les mains dans les poches, autour des tas de patates, que les Comoriens et les gens de la Côte leur vendent vingt fois ce qu'elles valent; se bousculant pour entrer dans les paillotes, où les mercantis leur versent une absinthe de contrebande, pendant que les bâtiments et les baraquements n'avancent pas. C'est pitoyable! »

Malgré tout ce qu'on essaya pour le retenir, dès le lendemain matin, le diable d'homme se dirigea vers la Résidence, avec l'idée formelle d'arriver jusqu'au colonel Lébreton et de lui expliquer carrément sa façon de penser.

Deux heures après, plus furieux que jamais, il revenait trouver Henri.

— Eh bien? lui dit celui-ci, vous avez vu le colonel? Comment vous a-t-il reçu?

— Il m'a flanqué à la porte. Mais c'est égal, je ne lui ai pas mâché ce que j'avais sur le cœur. Croirais-tu que d'abord il ne voulait pas me recevoir et qu'il a fallu que je fasse un train de tous les diables à sa porte pour qu'on me laissât entrer? Alors nous avons causé tranquillement pendant quelque temps; puis tout à coup voilà mon homme qui saute au plafond, en

Les soldats s'arrêtent devant les mercantis.

criant comme un sourd : « Est-ce que vous vous figurez que nous ne savons pas tout ça aussi bien que vous? Mais qu'est-ce que vous voulez que nous y fassions? Est-ce notre faute, à nous, si cet animal de *Brinckburn*, qui portait la plus grande partie des chalands et des canonnières, s'est laissé bêtement aborder dans le détroit de Messine, ce qui l'a forcé de relâcher à Malte je ne sais combien de temps pour faire réparer ses avaries? Est-ce notre faute, à nous, si ces sauvages de roi Tsialana et de reine Binao, qui devaient nous amener des Sakalaves par milliers, n'en ont pas amené du tout? Et puis, après tout, je suis bien bon de vous écouter. Est-ce que c'est vous qui nous procurerez les bateaux qui nous manquent? Est-ce que c'est vous qui nous fournirez les porteurs et les auxiliaires indigènes dont nous avons besoin? Non, n'est-ce pas? Eh bien! alors, faites-moi le plaisir de nous laisser tranquilles! Serviteur! » Et là-dessus il ouvre la porte, et me voilà dehors. Je crois même que, si je n'étais pas parti tout seul, il m'aurait parfaitement poussé par les épaules. Mais j'aurai ma revanche! »

Or, voici quelle fut la revanche de l'oncle Daniel. Le lendemain même de sa visite malencontreuse au quartier général, il repartait pour Manakarana, où il restait quelques jours; puis un beau matin il reparut en rade de Majunga, à la tête d'une véritable petite flottille composée de bâtiments de toute sorte, baleinières, chalands, pirogues, chaloupes, boutres arabes, avec pour vaisseau amiral son brick marchand, *la Ville de Paris.* Toutes ces embarcations, petites ou grandes, étaient montées par environ six cents indigènes, recrutés moitié dans le personnel des comptoirs du vieux négociant, moitié dans la région avoisinant Manakarana, grâce aux cordiales relations qu'il entretenait avec les chefs des principaux villages. Tout ce monde débarqua en bon ordre sous la surveillance de Daniel, puis, après s'être formé en cortège, traversa la ville au milieu de la curiosité générale et vint se masser devant la petite maison indienne habitée par Henri et sa sœur, où leur oncle était également descendu.

Le brick de l'oncle Daniel parut en rade de Majunga.

Quant à celui-ci, il se rendit directement à la Résidence; il y arriva juste au moment où le colonel Lebreton
en sortait pour monter à cheval et prendre la tête d'une
petite colonne qui partait en reconnaissance dans la

L'oncle Daniel et le colonel Lebreton.

direction de Marovoay. Avec son aplomb ordinaire, le
vieux colon s'approcha en soulevant son chapeau.

« C'est encore vous, monsieur? dit le colonel d'un air
rogue, en reconnaissant son original visiteur de la semaine
précédente.

— Oui, mon colonel, répondit l'oncle Daniel, sans se
laisser démonter par cet accueil glacial. Vous m'avez

demandé l'autre jour si j'avais des bateaux à vous offrir
pour remplacer ceux qui vous manquent et des auxiliaires
indigènes pour vous tenir lieu de ceux dont vous avez
besoin. Je ne vous ai rien répondu sur le moment, mais
aujourd'hui je viens vous dire qu'il y a en rade de
Majunga, à l'heure qu'il est, un brick marchand, cinq
chalands, deux baleinières, vingt-cinq pirogues, dix chaloupes et dix-huit boutres arabes de cinquante tonnes
chacun, le tout m'appartenant ou loué par moi; qu'en
outre, devant la maison que j'habite, au quartier de
Marofotona, six cents indigènes vigoureux et bien portants, amenés par moi de Manakarana ou des environs,
se trouvent réunis. Embarcations et indigènes sont à
votre service, mon colonel, et attendent vos ordres.

— Ah! » fit le colonel en montant sur le cheval qu'un
planton lui amenait; et, regardant le vieux Daniel en
face, il ajouta ce simple mot : « Combien? »

Daniel devint cramoisi jusqu'à la racine des cheveux;
mais, se contenant :

« Mon colonel, dit-il, je me nomme Daniel Berthier-
Lautrec, négociant à Manakarana. Bien que j'aie quitté
mon pays depuis de longues années, je n'en suis pas
moins resté aussi bon Français, aussi bon patriote que
personne. Je ne vous vends ni ne vous loue mes bateaux
ni mes hommes; je les mets simplement à votre disposition, sans vous demander pour cela aucune rétribution ni
indemnité.

Cela fut dit avec une si parfaite dignité que le colonel
en fut retourné du coup. Jetant les guides de son cheval
au planton, il mit pied à terre et, tendant la main à
l'oncle Daniel :

— Pardonnez-moi, monsieur Berthier-Lautrec, lui dit-il avec une cordialité émue. Jusqu'à présent nous n'avons guère vu dans ce pays que des pêcheurs en eau trouble, et des mercantis à l'affût de quelque coup à faire. Si je vous disais que ce matin même nous avons fait jeter à la mer cinquante caisses de mauvaise absinthe et d'autres liqueurs abominablement falsifiées!... Vous m'excuserez donc de n'avoir pas cru tout d'abord à un désintéressement aussi insolite. Vos généreuses propositions vont nous rendre un très grand service; je les accepte donc avec reconnaissance et vous remercie, monsieur Berthier-Lautrec, en mon nom personnel et au nom de la France. »

Puis, devenus les meilleurs amis du monde, le colonel et Daniel prirent divers arrangements pour tirer parti le plus rapidement et le plus avantageusement possible des embarcations et des six cents hommes mis à la disposition des divers services de la Marine et de la Guerre.

« C'est égal, dit le bon Daniel en racontant la chose à Henri, si tu avais vu la tête du colonel quand il a reconnu qu'il s'était fourré le doigt dans l'œil sur mon compte, c'en était comique! Je m'étais promis d'avoir ma revanche; je l'ai eue, et complète. »

CHAPITRE III

Mort du colonel Gillon.

Le capitaine Gaulard n'avait pas oublié la promesse qu'il avait faite à Henri de le rappeler au souvenir du colonel Lebreton. Sans doute aussi celui-ci saisit l'occasion de remercier l'oncle en faisant plaisir au neveu. Toujours est-il que, quelques jours après, Henri recevait par un planton du quartier général sa commission régulière d'attaché, à titre auxiliaire, au service des renseignements de la première brigade. Ce service, qui était appelé à prendre une importance de plus en plus grande à mesure que le Corps expéditionnaire pénétrerait dans l'intérieur, faisait partie de l'état-major, où il constituait le 2ᵉ bureau; son office était surtout d'entrer en relations avec les populations des villages, d'interroger les prisonniers ou les déserteurs, de traduire les communications, messages ou autres documents émanant de l'ennemi ou à lui adressés. Le personnel comprenait un lieutenant-colonel, deux capitaines, deux officiers de réserve habi-

tant depuis longtemps Madagascar, un interprète, un
secrétaire, et un certain nombre d'indigènes destinés à
servir d'indicateurs, ou, si l'on préfère, d'espions. Ce
personnel devait être reparti entre l'avant-garde pour
organiser le service des guides, l'arrière-garde et l'état-
major général.

Henri était ravi ; il allait donc pouvoir trouver l'appli-
cation de ses connaissances spéciales, de son patriotisme
et de son activité !

Ce qui, dès le premier jour, le frappa d'une réelle
admiration, ce fut l'entrain inaltérable, la gaîté poussée
parfois jusqu'à la gaminerie des soldats, échangeant entre
eux des lazzi au milieu des circonstances les plus péni-
bles, ou chantant des couplets grotesques sur « Madame
Gascar » — la seule manière logique, disaient-ils, de
prononcer Madagascar, — ou sur « Ramasse ton Bazar »
comme ils appelaient Ramasombazah, le féroce gouverneur du Boueni, commandant en chef des troupes de cette
province. Quand les voitures en fer dites voitures Lefebvre
restaient en plan dans un passage trop difficile, ils pous-
saient en riant à la roue, apostrophant de belle façon les
malheureux conducteurs kabyles, donnant à la fois le coup
d'épaule et le coup de langue. Les officiers étaient les
premiers à montrer à leurs hommes l'exemple du dévouement et de l'endurance, prenant la pioche eux-mêmes
ou poussant la brouette, afin de remonter le moral de
ceux que la fatigue finissait par abattre. Mais ce qui
aurait mieux valu encore pour faire oublier aux troupes
toutes leurs épreuves, c'eût été une bonne rencontre avec
l'ennemi, et jusqu'ici il ne semblait aucunement pressé
de se montrer.

Le premier fait de guerre de la campagne fut la prise de la petite ville de Mahabo, enlevée avec un brio merveilleux. La ville était défendue par une garnison hova sous les ordres du gouverneur Rainijobelina; quelques obus et un mouvement des Tirailleurs algériens suffirent pour la mettre en fuite. Quan aux Sakalaves qui formaient le fond de la population, ils se soumirent immédiatement en jetant à terre leurs sagaies et leurs fusils, et en apportant en grande pompe un *hasina* — hommage au souverain — composé d'un monceau de riz et d'un grand nombre de bœufs, de poulets, de canards qui vinrent fort à propos renforcer et varier l'ordinaire de nos braves troupiers.

Soldats préparant les routes pour le passage des voitures.

Le Général aurait voulu pousser immédiatement jusqu'à Marovoay. Malheureusement, des pluies incessantes jointes aux marées d'équinoxe ayant considérablement grossi le lit du fleuve Betsiboka et inondé ses rives, il n'y avait plus moyen de se faire accompagner par l'artillerie, et cependant elle était d'autant plus indispensable que les canonnières de haute mer ne pouvaient aborder en face de Marovoay. Dans ces circonstances le

Général préféra remettre à un peu plus tard l'occupation
de cette place ; puis, comme il ne voulait pas imposer à
ses soldats un séjour prolongé au milieu des palétuviers
et des marais de Miadana, il rentra avec eux à Majunga,
laissant seulement à Mahabo et à un autre village nommé
Mevarano un nombre d'hommes suffisant pour conserver
les avantages que sa marche hardie lui avait valus.

La semaine suivante le temps étant redevenu plus
favorable, il reprit les opérations. L'armée hova, ren-
fermée dans Marovoay, se composait de quatre mille
hommes environ, tous armés de fusils à tir rapide et
appartenant au contingent régulier des milices, sous le
commandement de Ramasombazah et de son lieutenant
Rainiansy. Le Général combina son attaque avec le détachement laissé à Mahabo et la division navale venue par
la baie de Bombetok. Terrifiés par les obus de la grosse
artillerie du *Primauguet,* les Hovas ne tinrent pas devant
l'élan de nos troupes, et se·sauvèrent dans toutes les
directions, poursuivis de près par la 3ᵉ compagnie des
Tirailleurs algériens qui leur tua trois cents hommes
et faillit même s'emparer de Ramasombazah ; sans la
vigueur de jarret de ses porteurs de filanzane, le farouche
gouverneur du Boueni était fait prisonnier. Dans la place
si rapidement enlevée on trouva une mitrailleuse, vingt
canons Krupp, Gattling et Armstrong, cinq affûts de
canons Gardner, deux mille obus, plus de quinze cents
bœufs environ et de forts approvisionnements de riz. On
y trouva en outre les somptueux costumes militaires que
Ramasombazah revêtait dans les grandes circonstances,
la sagaie d'argent qui était l'insigne de sa dignité, et
jusqu'à une correspondance volumineuse qu'il n'avait

pas eu le temps d'emporter avec lui dans sa fuite préci-
pitée.

Aussitôt après la prise de Marovoay, le général Metzinger, apprenant l'arrivée de l'affrété *Notre-Dame-du-
Salut*, à bord duquel le général Duchesne avait pris passage, se hâta de revenir à Majunga pour remettre le

Les Tirailleurs algériens à Marovoay.

commandement au Général en chef du Corps expéditionnaire.

Du premier jour, le général Duchesne se montra
l'homme de la situation : chaque service reçut des instructions nettes et parfaitement limitées ; les multiples
travaux de Majunga reçurent une impulsion nouvelle et
énergique. Puis, voulant tout voir par lui-même, le Général
monta à cheval et visita minutieusement la ligne des postes
échelonnés sur la route entre Majunga et Marovoay ; par-

tout son premier soin fut d'examiner les installations
du service de la Santé et de rappeler aux officiers que ce
seraient ceux qui auraient le moins de malades qui
seraient les mieux notés; il recommanda de prendre les
précautions les plus rigoureuses contre le soleil et donna
les instructions les plus sévères pour qu'en aucun cas,
malgré le manque presque absolu des moyens de transport, les troupes ne fussent à court de vivres. Cette activité infatigable, cette conscience scrupuleuse qui ne
négligeait rien rendirent le Général rapidement populaire
auprès des soldats, heureux de voir leur chef se prodi-
guer sans compter, et partager leurs fatigues comme le
plus jeune des sous-lieutenants. Seuls, les débitants de
boissons qui s'étaient abattus comme une pluie de saute-
relles dans les cases de Majunga firent la grimace, car
la vigilance du commandant en chef ne laissa pas de
contrarier singulièrement le développement de leur
industrie. Ces sages précautions étaient d'autant plus
indiquées que l'état sanitaire, par suite de la prolonga-
tion anormale de la mauvaise saison et plus encore de la
nécessité où l'on s'était trouvé de faire camper les troupes
dans des régions marécageuses et de les employer à
l'établissement de la route, prenait une tournure inquié-
tante. Les compagnies du Génie étaient les plus éprou-
vées, avec les Tirailleurs algériens et le 200° de ligne.

Ce régiment, composé généralement de volontaires
trop jeunes, avait heureusement pour chef un homme
de haute valeur, aussi vigilant pour ce qui concernait le
soldat que prêt à payer de sa personne en toutes circonstances, le colonel Gillon. Avant de quitter Marseille, le
colonel Gillon avait pris soin de faire distribuer à chacun

de ses hommes une courte note relative aux mesures
d'hygiène à observer au cours de l'expédition.

« A Madagascar, disait cette note, vous aurez à vous
défendre contre trois ennemis bien plus redoutables que
les Hovas : le soleil, la fièvre et la dysenterie.

Contre ces trois ennemis vous avez le casque, l'eau
bouillante et la ceinture de flanelle.

Vous ne devrez jamais sortir sans casque, car même
sous un ciel nuageux le soleil est mortel. Dans les haltes
ne vous couchez jamais sur la terre, qui est plus chaude
que l'air et vous empoisonnerait par ses miasmes. Bor-
nez-vous, pour vous reposer, à vous asseoir sur le sac.

Vous ne sortirez jamais à jeun et ne boirez que de
l'eau bouillie avec du thé et du café.

Pour éviter les refroidissemens du ventre et conséquemment la dysenterie, vous ne quitterez pas votre
ceinture de flanelle.

Voilà ce qu'il faut faire.

Ce qu'il ne faut pas faire sous aucun prétexte, c'est
boire de l'alcool et manger des fruits qui, même s'ils
ressemblent aux nôtres, renferment de violents poisons.

En suivant ces recommandations, vous reviendrez en
France pour la récompense de vos victoires. »

Hélas! en dictant ces conseils si pratiques, si judi-
cieux, l'excellent colonel Gillon ne se doutait pas qu'il
serait lui-même une des premières victimes de ce climat
meurtrier, contre lequel il mettait si bien en garde ses
soldats.

On a su depuis, du reste, qu'il souffrait déjà depuis
deux ans d'une maladie d'entrailles. Lorsqu'il avait été
désigné pour commander le 200e de ligne qu'on allait

créer de toutes pièces avec des volontaires pris dans
divers régiments, il était à Bayonne, à la tête du 49° de
ligne. Au moment de partir pour rejoindre son nouveau
poste, il avait consulté le médecin-major de son régiment, qui lui avait répondu :

« Mon colonel, c'est la vérité que vous me demandez?
Mon devoir est de vous la dire. Dans l'état de santé où
vous vous trouvez, partir pour une campagne aussi
pénible que sera celle de Madagascar, c'est aller volon-
tairement au-devant de la mort.

— J'ai été choisi sur mes notes par le général
Duchesne, avait répliqué le colonel. Je ne puis refuser
un poste d'honneur. C'est mon devoir que j'accomplis.
Advienne que pourra! »

Le médecin-major du 49° n'avait que trop raison. Dès
le départ de Marseille et surtout pendant la traversée
de la mer Rouge, l'état du colonel s'était sensiblement
aggravé; et lorsque l'*Uruguay*, à bord duquel il se trouvait, arriva à Majunga, le malheureux officier débarqua
dans de bien mauvaises conditions pour résister effica-
cement aux inévitables épreuves de l'acclimatement.
Malgré cela, tout entier à ses devoirs de chef, il se
prodigua pour entraîner ses hommes, organisant dans
tous ses détails la marche du régiment vers l'intérieur,
surveillant lui-même l'installation des campements et
leur ravitaillement. Bien qu'épuisé par la dysenterie, il
ne voulut laisser à personne le soin de conduire son
cher régiment à Marovoay et prit une part brillante aux
opérations; mais il avait trop présumé de ses forces :
vaincu par le mal, il dut entrer à l'infirmerie volante
organisée dans le Rova même de Marovoay. Refusant

encore de croire à la gravité de son état, il se fit simplement porter comme malade à la chambre et continua de
gérer le 200° et d'expédier les affaires courantes.

Quelques jours après, cependant, malgré son indomp-

Le 200° de ligne à bord de l'*Uruguay*.

table énergie et son désir de garder le commandement
de son régiment, il fallut bien qu'il se soumît aux prescriptions formelles du médecin-major et qu'il consentît
à se laisser transporter à l'hôpital n° 2, installé dans le
poste d'Ankaboka, sur le Betsiboka. Il y arriva très
fatigué, et navré surtout d'être obligé de quitter son
cher 200°. Dès le lendemain, son état s'étant encore

aggravé, on jugea indispensable de le transporter à
Majunga, où l'on serait plus à même de le soigner comme
il avait besoin de l'être.

Sans débarquer à terre, il fut transbordé aussitôt sur
le transport le *Shamrock*, transformé en hôpital mili-

Le colonel Gillon transbordé sur le *Shamrock*.

taire. Mais, en dépit des soins empressés qui lui furent
prodigués, le malheureux officier était trop affaibli par
l'extraordinaire dépense d'énergie qu'il avait dû faire
depuis le commencement de sa maladie pour pouvoir se
rétablir; il mourut dans la nuit du 12 au 13 juin, moins
encore de son mal que de la patriotique obstination

avec laquelle il avait lutté pour conserver son commandement.

Il fut enterré le lendemain 13 juin au cimetière européen de Majunga. A ses obsèques, une émotion intense
étreignit tous les cœurs, et plus d'une moustache grison-
nante sut mal dissimuler les grosses larmes qui coulaient
des yeux sur le passage du vaillant et malheureux
colonel, derrière lequel un groupe d'officiers portait une
immense feuille de palmier en guise de drap mortuaire.

Les opérations ne pouvant être interrompues, le
lieutenant-colonel Bizot, qui avait pris provisoirement
le commandement du 200°, pendant la maladie de son
chef, fut désigné pour lui succéder définitivement.

Vigoureux officier, chez lequel l'énergie virile et
l'esprit de décision se rencontrent à un degré éminent,
militaire dans l'âme, « troupier fini », très tolérant en
même temps et plein de sollicitude pour ses subor-
donnés, le colonel Bizot était l'homme le plus propre
à déployer les qualités indispensables dans les doulou-
reuses circonstances que le régiment venait de traverser,
et à maintenir le moral et l'entrain des soldats.

Après le colonel Gillon, le commandement du 200° ne
pouvait être en meilleures mains.

CHAPITRE IV

Une ambulance improvisée.

Mise au courant, par une lettre de son frère, des tristes phases et du fatal dénoûment de la maladie du pauvre colonel, Marguerite Berthier en fut douloureusement affectée. Elle savait déjà, toujours par Henri, que les cas de fièvre, d'anémie paludéenne, de dysenterie, devenaient de plus en plus fréquents et que les services de Santé commençaient à être fort occupés. Son oncle se rendait à Majunga une fois par semaine au moins, pour avoir des nouvelles, et en rentrant il lui faisait des récits qui la terrifiaient. L'affluence des malades fournis par les corps d'avant-garde, surtout par ceux employés à l'établissement des routes et des ponts, par le Génie et le 200ᵉ de ligne, tournait à l'encombrement. Les médecins ne savaient plus où donner de la tête.

Le cœur navré, Marguerite se désolait de ne rien pouvoir pour soulager toutes ces misères; elle aurait voulu se dévouer à ces pauvres malades, s'employer à les soigner, essayer de les guérir, ou tout au moins d'adoucir leurs souffrances. Elle ne pouvait plus penser à autre chose; elle voyait dans son imagination les visages émaciés de ces malheureux soldats, abandonnés presque sans soins, malgré le zèle du personnel médical, et attendant, tout grelottants de fièvre, qu'il y eût un coin de libre dans un des hôpitaux. Enfin elle n'y tint plus; un matin elle déclara à son oncle qu'elle avait décidé d'installer une ambulance, ou un sanatorium plutôt, dans leur maison de Maevasamba, abandonnée depuis l'ouverture de la campagne sous la garde de quelques domestiques de confiance, mais demeurée en l'état, toute meublée, toute aménagée, prête en un mot à être habitée. Stupéfait, le vieux Daniel leva furieusement les épaules.

« Mais, mon petit (c'était le mot dont il se servait le plus souvent quand il s'adressait à sa nièce), s'écria-t-il, une ambulance! c'est toute une histoire à installer, à diriger, à entretenir! Tu n'y penses pas?

— Je ne pense qu'à cela, au contraire, mon cher oncle; et ce n'est qu'après de mûres réflexions que je me suis décidée.

— De mûres réflexions, toi, mon petit! Tiens! Tu m'amuses avec tes mûres réflexions!

— Voyons, mon oncle, ne vous faites pas plus méchant que vous n'êtes et écoutez-moi. D'abord, vous savez que la maison est grande; ce n'est donc pas la place qui nous manquera. Le rez-de-chaussée et le premier pourront aisément, à eux seuls, loger dix malades, chacun dans sa chambre. — Oh! j'ai fait mon compte, j'ai mes dix chambres, en supprimant, bien entendu, le vestibule, le salon et la salle à manger.

— Et ta chambre, à toi? tu la supprimes aussi?

— Bien sûr. Moi, je suis solide et bien portante. Je m'arrangerai un petit coin n'importe où. Mais laissez-moi continuer. Au deuxième, je compte que nous pourrons installer dix autres chambres, dont trois à deux lits. Ça nous fait donc vingt-six lits de disponibles. La salle de bain, la salle de douches sont toutes prêtes. La pharmacie, je la mets dans la serre.

— Tu mets la pharmacie dans la serre! C'est parfait! Et les remèdes, c'est toi qui les fabriqueras, dans la serre; et qui les appliqueras aussi sans doute? Tu seras à la fois le pharmacien, le médecin et le reste?

— Je serai simplement l'infirmière. Le médecin, ce sera notre excellent docteur Hugon. Et je suis sûre qu'au lieu de se moquer de moi comme vous, il ne demandera qu'à m'aider, lui. Il est assez malheureux qu'on n'ait pas voulu accepter ses bons offices au quartier général, sous prétexte que le service de Santé était au grand complet.

— Alors tu crois sérieusement que Hugon, en admettant qu'il consente, et toi, vous suffirez à faire marcher une ambulance?

— Oh! ça non. Il nous faut encore quelqu'un qui ait l'habitude de commander et de diriger, quelqu'un d'intelligent, d'actif, de pratique, pour se charger de toute la partie administrative, s'occuper des approvisionnements, recruter et gouverner le personnel, etc.

— Enfin tu avoues que tu ne suffiras pas à tout; c'est heureux.

— Bien entendu. Mais ce n'est pas là ce qui m'inquiète. J'ai mon affaire sous la main.

— Ah! tu as ton affaire?

— Oui, oui, le meilleur des administrateurs, l'administrateur idéal.

— Au moins, peut-on savoir...?

— Et qui pourrait-ce être, sinon vous, le plus charitable
et le plus généreux des hommes, avec vos vilains airs
bougous? » s'écria la jeune fille, en se jetant au cou de
son oncle.

Puis, sans laisser au vieux Daniel, complètement
ahuri, le temps de se remettre, elle ajouta :

« Oui, oui, je vous connais mieux que personne, mieux
que vous-même; et c'est pour cela que je vous aime,
malgré vos gros sourcils froncés. Vous avez beau toujours
gronder, je sais parfaitement que non seulement vous
n'avez jamais dévoré personne, mais que bien au contraire vous seriez plutôt homme à empêcher les gens
d'être dévorés. Est-ce que vous n'avez pas été le premier,
après avoir crié comme un sourd contre la façon dont
l'expédition avait été préparée et engagée, à courir à
Majunga vous mettre à la disposition du Général, vous,
vos bâtiments, votre personnel et tous les Comoriens, les
Somalis et les Makoas que vous aviez pu recruter autour
de vous? Et maintenant, monsieur mon oncle, voyons si
vous aurez le courage de me dire en face que vous refusez
d'être le directeur, l'administrateur, l'économe, le facto-
tum, le vrai maître en un mot de notre ambulance. »

Le vieux Daniel adorait sa nièce et, si parfois il lui
résistait, il n'en finissait pas moins par faire ce qu'elle
voulait. Il est vrai qu'elle était adorable, cette petite
Marguerite, et que jamais elle ne voulait que des choses
bonnes et généreuses. Attendri par le touchant emballe-

La future infirmière monta dans son filanzane.

ment de la jeune fille plus encore que convaincu par son argumentation, il céda, comme toujours; tout au plus essaya-t-il de couvrir sa retraite par un semblant de protestation.

— Écoute, mon petit, dit-il, puisque tu tiens tant à ce que je sois le directeur de ton ambulance, je ne demande pas mieux que d'essayer. Nous verrons bien ce qui sortira de tout cela et lequel aura finalement raison, ou d'une petite folle comme ma nièce, ou d'une vieille bête comme ton oncle.

— A la bonne heure! Vous voilà redevenu tout à fait gentil. J'étais bien sûre que vous ne vous feriez pas prier trop longtemps.

— C'est bon! c'est bon! Et alors, mademoiselle l'infirmière, quand comptez-vous commencer?

— Quand? Mais tout de suite!

— Tu nous laisseras bien le temps de nous retourner?

— Mais pas du tout, au contraire. Pensez donc à ces convois de malades qui arrivent tous les jours de l'intérieur — c'est vous qui me l'avez raconté, — et qui encombrent les hôpitaux, les ambulances et le sanatorium. Est-ce que ça ne vous serre pas le cœur de penser qu'en ce moment peut-être un brave petit marsouin ou un pauvre légionnaire va mourir, faute de place, à la porte de l'hôpital? Quand nous n'en sauverions qu'un seul, mon oncle, ne croyez-vous pas que nous serions largement payés de nos peines?

— Alors?

— Alors, mon bon oncle, demain matin nous partons tous les deux pour Maevasamba, où nous mettons rapidement tout en ordre. Au fait, si nous emmenions le doc-

teur Hugon? il pourrait nous donner de bons conseils
pour nos arrangements; il verrait en même temps ce qui
pourrait manquer à notre stock de médicaments. Puis,
quand tout sera prêt, vous repartirez bien vite et vous
gagnerez Majunga, où vous irez trouver le directeur du
service de Santé — qui vous connaît bien, d'ailleurs —
et vous lui direz : « Mon cher docteur, je viens vous
informer que nous avons installé à Maevasamba, dans
une situation exceptionnellement favorable, une ambulance, un sanatorium — dites un sanatorium, ça le flat-
tera, cet homme de l'art! — largement pourvu de tout,
et prêt à recevoir vingt-six convalescents, qui y trouveront
tous les soins nécessaires à leur état, sous la direction
d'un excellent praticien, le docteur Hugon. Confiez-nous
donc ceux de vos malades en voie de guérison qu'un changement d'air achèvera de remettre; cela vous fera de la
place pour les autres et nous nous engageons à vous
rendre au bout d'un mois ou deux nos pensionnaires plus
forts et plus solides que jamais. En échange, nous ne
vous demandons rien du tout; c'est pour le plaisir et
pour l'honneur que nous travaillons. »

— Tiens! mon petit, tu es un ange! dit le vieux Daniel
en embrassant sa nièce. C'est entendu; tout ce que tu
voudras, on le fera. »

Dès le lendemain matin, suivant ce qu'elle avait décidé,
la future infirmière montait dans son filanzane, accom-
pagnée de son oncle et du docteur Hugon. Celui-ci avait
accepté tout de suite le rôle et la mission qui lui avaient
été attribués ; depuis la mort de Mme Berthier-Lautrec, qu'il n'avait pu empêcher, ayant été prévenu malheureusement trop tard, il s'était attaché profondément

à Marguerite et jamais il n'aurait eu le courage de lui rien refuser.

Quant à l'oncle Daniel, il était maintenant plein d'enthousiasme. Il ne se rappelait même plus une seule des réserves qui lui étaient venues à l'esprit de prime abord. Il ne voyait plus que le bien à faire et les services à rendre, et puis aussi l'aliment que cela devait donner à son activité naturelle, condamnée au repos depuis l'interruption du mouvement commercial.

Le surlendemain de leur départ de Manakarana, nos voyageurs arrivaient à Maevasamba, où ils trouvaient tout en fort bon état. Comme l'avait prévu Marguerite, quelques jours suffiraient pour approprier la maison à sa nouvelle destination. Un supplément de couchettes et de literie, ainsi qu'un fort approvisionnement de quinine et de quelques autres médicaments, voilà surtout ce qu'il était urgent de faire venir ; l'oncle Daniel s'en chargea. Sur les instances de sa nièce, il la laissa achever, avec le docteur Hugon, les dernières installations et regagna Manakarana, où il s'embarqua aussitôt pour Majunga.

Il s'agissait maintenant de voir le directeur du service de Santé et de lui demander de distraire de l'hôpital n° 1, ou du *Shamrock*, vingt-six convalescents pour les diriger sur l'ambulance de Maevasamba. L'excellent homme se figurait qu'il allait être reçu à bras ouverts et que son offre généreuse serait acceptée avec force remerciements ; grande fut sa surprise en constatant que la chose n'était pas si simple qu'il l'avait pensé. Au quartier général, où il ne fut pas reçu sans peine, on l'envoya, avec de bonnes paroles, au service de Santé ; là, on lui opposa toute sorte de règlements administratifs ; on verrait, on étudierait,

on lui donnerait une réponse; il devait comprendre
qu'une affaire aussi importante ne pouvait pas se traiter
légèrement; ils avaient la responsabilité des hommes, etc.
Tout ce qu'il put obtenir, ce fut la promesse qu'on enverrait prochainement à Maevasamba un médecin-major de
première classe pour visiter l'installation de l'ambulance.
Si le rapport du médecin-major était favorable, alors
seulement on pourrait envoyer à ladite ambulance des
anémiés et des convalescents assez solides pour sup-
porter le voyage de Majunga à Maevasamba.

Faute de mieux, le vieux Daniel dut se contenter de
ce maigre résultat; mais il était de fort méchante humeur
lorsqu'il quitta Majunga.

CHAPITRE V

Infirmière et capitaine.

Quand il rentra à Maevasamba, l'oncle Daniel n'était
pas encore calmé. Marguerite le consola très gentiment
en lui persuadant que, somme toute, elle n'était pas
autrement fâchée d'avoir encore quelques jours de répit
devant elle, attendu que ses petites installations n'étaient
pas encore tout à fait prêtes. Le docteur Hugon récla-
mait, de son côté, un appareil distillatoire, dans la
crainte que l'eau du ruisseau d'Antsingo, qui alimentait
Maevasamba, ne vînt à s'altérer quelque jour, pour une
cause ou pour une autre. Il désirait également une
machine à fabriquer de la glace qui, pendant les heures
chaudes de l'après-midi, pourrait rendre d'inapprécia-
bles services.

« Tu auras ton appareil distillatoire, dit Daniel à son
vieil ami. Quant à ta machine à fabriquer de la glace,
j'en ai vu une montée à Majunga par un individu de
Bourbon et qui fonctionne parfaitement ; je te promets de

t'en rapporter une semblable, à mon prochain voyage.
— A ce propos, tu n'as pas idée, mon vieil Hugon, des
changements que j'ai trouvés en arrivant à Majunga. La
ville est presque européanisée, ou francisée, maintenant.
C'est au point que j'avais quelque peine à m'y retrouver,
et Dieu sait pourtant si je la connais dans les coins et les
recoins! Les anciennes rues, étroites et tortueuses, ont été
nettoyées, redressées, élargies, et les vieilles cases construites à l'arabe qui les bordaient remplacées par des
maisons bâties à l'européenne. On a installé des trottoirs
avec un éclairage superbe. Des faubourgs s'élèvent petit
à petit sur de nouveaux tracés. En même temps que
d'aspect, les rues ont changé de nom ; il y a maintenant
l'avenue de France, la rue du Primauguet, la rue de la
Résidence, la rue Laborde, la rue Sylvain-Roux. Il y a
même l'avenue du Bois-de-Boulogne ; d'ici peu sans doute
on y pourra voir les belles Malgaches faisant la roue en
de mirifiques équipages attelés de bœufs, pendant que
nos plus brillants officiers caracoleront dans l'allée cavalière. En attendant, j'ai failli moi-même y être écrasé
par un jeune sous-lieutenant monté sur une bicyclette
et qui filait comme le vent sous les regards ahuris de la
population noire. Car il y a encore une population noire ;
si les Hovas et les Sakalaves, qui en formaient le fond
naguère, ont disparu, les Makoas, les Comoriens, les
Arabes et les Indous sont restés pour la plupart, dans
l'espérance de profiter du séjour des Français pour s'en-
richir. Ils sont noyés, il est vrai, dans le flot des arrivants qui augmente chaque jour. Outre une partie de
l'état-major et les chefs de différents services installés
en permanence à Majunga avec leur nombreux per-

sonnel, il y a dans la ville un croisement incessant
d'hommes partant pour l'intérieur et de malades ou de
convalescents redescendant à la côte. Toute la journée
c'est un va-et-vient perpétuel d'officiers, de soldats, de
chevaux, de mulets attelés aux voitures Lefebvre, de coo-

Un sous-lieutenant à bicyclette filait comme le vent.

lies et de porteurs de toutes les races chargés de caisses
et de marchandises. Mais c'est le mouvement du port
surtout qui est extraordinaire; j'y ai vu à la fois jusqu'à
quarante ou cinquante bateaux de différents tonnages à
l'ancre dans la rade, où naguère encore on voyait tout
juste un seul bateau des Messageries Maritimes, le
Mpanjaka, et de loin en loin un navire de guerre. J'ai
compté quinze à vingt affrétés de gros tonnage, cinq bâtiments de guerre, et une légion de boutres arabes. Du

matin au soir le port est sillonné par des embarcations et des remorqueurs de toute taille et de toute forme, employés au débarquement des voiliers arrivés de Bourbon, de Maurice, de Zanzibar, des Comores, du Cap ou de l'Amérique, avec d'énormes stocks de marchandises et une foule d'émigrants de toute couleur venant chercher fortune à l'abri de notre drapeau. Enfin, sais-tu où j'ai dîné, et fort bien dîné, ma foi! la veille de mon départ?

— Chez Justin Leroy, ton correspondant.

— Non pas, mais au restaurant! Oui, mon vieux Hugon, il y a maintenant un restaurant à Majunga, un grand restaurant en bois, construit de toutes pièces par trois économes des Messageries Maritimes. C'est là que mangent presque tous les officiers. Il y a aussi un cercle, le Cercle français, avec des terrasses élevées qui donnent sur la mer. J'y ai passé la soirée, en compagnie de nombreux consommateurs, tant civils que militaires, qui, leur besogne terminée, venaient y chercher un peu de brise et commenter les nouvelles du jour. Ce que j'y ai entendu de potins! Ah! je t'assure qu'ils ne s'en privaient pas de tomber les uns sur les autres! »

Cependant le temps passait et le fameux médecin-major de première classe annoncé ne se montrait pas vite à Maevasamba. Déjà le bouillant Daniel commençait à perdre patience, lorsqu'il arriva enfin. Après une visite minutieuse de toutes les installations, il déclara que rien ne laissait à désirer : air excellent, chambres vastes et parfaitement meublées, appareils hydrothérapiques très bien compris, précautions hygiéniques de toute nature, distractions, jeux, promenades, tout avait été

prévu avec une sollicitude éclairée. En un mot il était
impossible de trouver mieux. Le docteur rédigea son
rapport séance tenante et promit de le remettre lui-
même au chef du service de Santé, aussitôt qu'il serait
rentré à Majunga.

Malgré ces belles promesses, huit jours, dix jours,
deux semaines s'écoulèrent encore sans qu'on entendît

Les bâtiments de guerre
dans le port de Majunga.

parler de rien de nouveau à Maevasamba. Il y avait de
quoi désespérer ! C'était bien la peine d'avoir préparé
avec amour tout ce qu'il fallait pour remettre sur pied
vingt-six convalescents si, par le fait de ces formalités
étroites de l'administration, tout cela devait rester inutile, pendant que là-bas de malheureux malades voyaient
leur état s'aggraver tous les jours faute d'aménage-
ments suffisants, ou d'un personnel médical un peu
moins surmené ?

Enfin, n'y tenant plus, le vieux Daniel déclara que si
le lendemain le convoi de convalescents promis n'arrivait
pas, il irait lui-même à Majunga le chercher. Et le lendemain, en effet, n'ayant rien vu venir, il monta dans

son filanzane et se mit en route. Cette fois encore, en arrivant à Majunga, il se heurta aux mêmes formalités administratives qui l'avaient si fort irrité à son précédent voyage; mais il tint bon, résolu à ne point repartir sans avoir obtenu satisfaction. Tout en courant la ville pour tâcher d'employer ses relations à faire fléchir la rigueur absurde des règlements, il n'oublia point les acquisitions que lui avait demandées le docteur Hugon. Mais là encore sa patience, qui n'était pas excessive, comme on a pu en juger, devait être mise à une rude épreuve. Il put se procurer assez facilement un appareil distillatoire et une machine à faire de la glace; mais, lorsqu'il voulut acheter le supplément de médicaments qui lui manquait, ce fut une autre affaire. L'affluence extraordinaire que les événements avaient attirée à Majunga avait eu pour conséquence immédiate le renchérissement exagéré des denrées de toute sorte. Le marché installé sur la place principale était assez bien approvisionné, mais tout s'y vendait trois fois plus cher que dans les conditions normales : la bière — et quelle bière! — 2 francs la bouteille; les saucissons 8 et 10 francs le kilo; les pruneaux 30 et 40 sous la livre; le beurre — du soi-disant beurre d'Isigny — 6 francs les 500 grammes; le fromage de Hollande, une petite boule desséchée, 12 francs; le savon de ménage — un des articles les plus demandés, on se battait pour en avoir! — 4 francs le kilo; et le reste en proportion. Les drogues n'étaient pas moins chères, d'autant qu'elles commençaient à devenir rares. La quinine elle-même manquait à Majunga. Tout ce que put recueillir le vieux Daniel, en battant les divers quartiers et en fouillant les cases des innombrables mercantis établis dans la ville, ce fut un certain nombre de bouteilles d'eau minérale qu'on lui vendit 3 fr. 75 la pièce, bien qu'elles ne continssent que de l'eau légèrement chargée de bicarbonate de soude.

Furieux, il prit le parti de télégraphier directement à ses correspondants de Marseille, la maison Cassoute frères, de lui expédier par le prochain courrier un fort approvisionnement de quinine, d'ipéca, de teinture d'iode, de bandes, de charpie, de vins de coca et de Banyuls, et de diverses eaux minérales.

Justement le câble destiné à relier Majunga à la France par Mozambique avait été inauguré et livré au public depuis déjà deux mois. Jusqu'alors, en effet, la voie la plus courte pour télégraphier en France était d'envoyer la dépêche à Port-Louis, la capitale de Maurice, qui correspondait avec l'Europe par l'*Eastern Telegraph Company*; or l'aviso le *Papin*, préposé à ce service, ne mettait pas moins de deux jours pour franchir les cinq cents milles qui séparent Port-Louis de Tamatave; soit quarante-huit heures de perdues pour aller confier à des mains anglaises le sort d'un câblogramme auquel les circonstances pouvaient donner parfois une haute gravité. Aussi l'immersion du câble, long de sept cent quarante kilomètres, entre Majunga et Mozambique avait-elle été une des premières opérations exécutées à l'ouverture de la campagne; ce travail, d'une utilité si urgente, avait admirablement réussi et dans un délai remarquablement court : dix jours avaient suffi pour le mener à bonne fin et depuis le 3 avril la ligne fonctionnait parfaitement. Bien que les dépêches envoyées par cette voie dussent encore emprunter l'*Eastern Telegraph Company* à partir de Mozambique, l'opération si heureusement et si rapidement conduite de l'immersion de notre câble avait eu le don d'exaspérer nos bons amis les Anglais, qui se montraient chaque jour plus hargneux et plus hostiles.

Tout en étant ouverte aux dépêches privées, la nouvelle ligne, établie surtout en vue des besoins du Corps expéditionnaire, n'était pas encore très accessible au public civil; non seulement le prix des transmissions était très élevé — dix francs par mot, — mais encore aucune dépêche ne pouvait être expédiée sans le *visa* du Général, et les messages chiffrés n'étaient pas admis.

Sur ce point, toutefois, le vieux Daniel eut assez facilement cause gagnée. En l'absence du Général, le colonel commandant la place visa tout de suite sa dépêche; et, dès le lendemain, il recevait, par la même voie, la réponse de la maison Cassoute frères, l'avisant que l'envoi demandé serait fait par le *Yang-Tsé*, o s Messageries Maritimes, courrier de Madagascar et de Maurice, lequel devait partir de Marseille le 23 courant.

Quelques jours après, l'*Ambohimanga*, l'un des petits vapeurs loués au sultan de Zanzibar pour le service du Betsiboka, arrivait de Marovoay avec vingt-cinq hommes indisponibles, c'est-à-dire profondément anémiés à la suite d'une atteinte de fièvre, et qui n'étaient guère bons qu'à être rapatriés. Or le steamer affrété la *Provence* venait justement de prendre la mer avec six cent cinquante-quatre convalescents de la Guerre et de la Marine, et il ne devait pas y avoir de nouveau départ pour France avant une quinzaine au plus tôt. D'autre part, l'hôpital de Majunga était comble, ainsi que le *Shamrock* et le *Vin-Long*, ce dernier récemment transformé, lui aussi, en hôpital flottant; quant au sanatorium de Nossi-Comba et aux autres sanatoria installés sur les hauts plateaux de la Réunion, à Saint-Denis, Saint-François et Salazie, ils n'avaient qu'un très petit nombre de lits disponibles; de sorte qu'on ne savait où caser les nouveaux arrivants.

Daniel offrit au service de Santé de s'en charger et de les emmener tous à Maevasamba. Cette fois la nécessité pressante fit passer par-dessus règlements et formalités, et la proposition du vieux colon fut acceptée.

Le jour même, la *Ville-de-Paris* levait l'ancre, ayant à bord les deux officiers et les vingt-trois soldats amenés par l'*Ambohimanga*. Sauf un des officiers, aucun d'entre eux ne paraissait trop gravement atteint pour que le changement d'air et un régime reconstituant n'eussent pas raison de leur état d'anémie. Daniel emportait en outre la machine à faire de la glace et l'appareil distillatoire réclamés par le docteur Hugon, ainsi que trois cents bouteilles d'eaux minérales, tout ce qu'il avait pu rafler chez les mercantis de Majunga, en attendant l'envoi que devait lui apporter le *Yang-Tsé*.

La première étape, c'est-à-dire la courte traversée à bord de la *Ville-de-Paris*, fut rapidement franchie, sans fâcheux incident. Ce fut à Manakarana seulement que les difficultés commencèrent. Il fallut tout d'abord — ce qui n'était pas chose aisée pendant ces temps troublés — trouver immédiatement des filanzanes et des porteurs en quantité suffisante pour transporter jusqu'à Maevasamba, non seulement les vingt-cinq convalescents, mais encore les nombreuses caisses dans lesquelles Daniel avait entassé un fort supplément de literie et de lingerie pour les besoins de l'ambulance. Heureusement l'excellent colon

était débrouillard, il chargea immédiatement des hommes
de confiance de battre les villages voisins; et, grâce à sa
situation considérable dans la région et à sa réputation
de générosité, il eut en moins de vingt-quatre heures
autant d'hommes et autant de filanzanes qu'il lui en fallait. Il organisa aussitôt sa petite caravane et se mit en
route après avoir envoyé en avant un courrier prévenir
Marguerite et le docteur Hugon de sa prochaine arrivée.

Lorsque le convoi parvint en vue de Maevasamba, tout
était prêt à le recevoir; une heure après, chacun des
vingt-cinq nouveaux pensionnaires de l'ambulance était
installé dans un bon lit garni de sa moustiquaire, sous
la direction du docteur, qui se contenta d'un examen
sommaire pour ne pas ajouter à la fatigue du voyage.

Dès le premier jour, Marguerite se révéla infirmière
consommée. Il faut dire qu'elle mettait à sa délicate
besogne le meilleur de son cœur et cet instinct quasi
maternel qui existe, en germe au moins, chez presque
toutes les femmes. Là où elle excella surtout, ce fut dans
l'art de faire oublier à ses malades qu'ils étaient des
malades; s'ingéniant à écarter de leurs yeux ce qui pouvait le leur rappeler; dissimulant adroitement, à l'aide
d'un pan de rideau, d'un paravent, d'un bout d'étoffe de
couleur claire, l'attirail peu réjouissant des flacons et
des remèdes; égayant même l'atmosphère de chaque
chambre avec des petits riens coquets, des images de
journaux illustrés, des photographies encadrées, ou
quelque fleur piquée dans un verre de Bohême ou de
Venise. Elle avait mis au pillage tous ses bibelots, son
petit trésor de jeune fille, ne trouvant rien d'assez beau,
rien d'assez gai surtout pour ses chers malades.

La première fois que le vieux Daniel avait vu les fleurs de Marguerite, il les avait jetées brutalement par la fenêtre, en disant à sa nièce qu'elle était folle de mettre des fleurs auprès des malades, que rien n'était plus mauvais pour eux. La pauvre Marguerite en aurait pleuré ! elle avait justement choisi les fleurettes les plus inoffensives, celles qui n'avaient point d'odeur, ou qui en avaient à peine. Et, par le fait, personne ne semblait s'en être mal trouvé ; tout au contraire, à partir du jour où les fleurs eurent disparu par ordre du vieux Daniel, la dépression physique et morale, si préjudiciable à la guérison des anémies paludéennes, montra une tendance marquée à revenir. Consulté en cachette par Marguerite, le docteur Hugon fit entendre raison à l'oncle féroce, qui se contenta, pour toute vengeance, de lui répondre en bougonnant :

« Oh ! toi ! elle te fait faire tout ce qu'elle veut, cette petite ! Elle te dirait d'avaler une couleuvre grosse comme mon bras, que tu l'avalerais !

— Et avec plaisir encore ! riposta gaîment Hugon.

— Vieille bête, va ! » grommela Daniel entre ses dents, et il sortit furieux.

Ce qui n'empêcha pas, du reste, que cinq minutes plus tard, il n'y pensait plus du tout.

Tout marchait donc le mieux du monde dans la plus confortable et la plus coquette des ambulances. Soignés, dorlotés, gâtés comme peu d'entre eux l'avaient jamais été, malades et convalescents se rétablissaient à vue d'œil. Seul, un des officiers, le plus sérieusement atteint, était toujours dans un état des plus précaires. Depuis son arrivée à Maevasamba, il n'était pas encore sorti de la prostration profonde où l'avaient plongé les secousses du voyage. Ce n'était pas sans les plus grandes peines qu'on arrivait à lui faire prendre un œuf ou un verre de lait. Et cependant il fallait le soutenir à tout prix.

« Ne vous découragez pas, disait à Marguerite le docteur Hugon : si on l'écoutait, il se laisserait parfaitement mourir, ce gaillard-là ! »

L'œsophage se refusant à accepter aucun aliment solide, Marguerite essaya d'y glisser de la viande crue hachée. Deux fois de suite, le malade eut des nausées et rejeta la viande. Sans se lasser, Marguerite recommença jusqu'à ce que la viande eût passé. Enfin, la prostration céda quelque peu, mais la faiblesse restait extrême ; personne ne pouvait toucher le pauvre malade sans qu'il poussât des gémissements d'enfant ; le moindre bruit lui brisait le tympan et la lumière lui causait une véritable douleur ; aussi était-on obligé de le laisser dans une demi-obscurité.

Une nuit que Marguerite entrait doucement dans sa chambre, elle s'aperçut, à la faible lueur de la veilleuse voilée encore par un large écran, que les yeux du malade, creusés profondément par la fièvre, étaient grands ouverts et se posaient sur elle avec une sorte d'égarement.

« Vous n'avez besoin de rien ? dit-elle, en s'approchant du lit. Voulez-vous boire ?

— Merci, ma sœur ! » articula le malheureux officier d'une voix à peine intelligible.

Trompé par le costume de nuit de Marguerite, une ample robe de chambre de couleur sombre et sur la tête une mantille de dentelles qui ressemblait vaguement à

une cornette, il avait pris sans doute la jeune fille pour
une religieuse d'hôpital.

Quand on l'avait amené de Majunga, il était dans un
tel état de faiblesse que c'est à peine s'il avait eu conscience de la traversée, des deux journées de filanzane et

« Où suis-je ? Qui êtes-vous ? »

de son installation dans la meilleure chambre de l'ambulance; aussi, en reprenant possession pour la première
fois de son intelligence, avait-il pu se croire dans un
hôpital, avec une sœur de charité à son chevet.

Le lendemain, toutefois, l'amélioration s'étant main-
tenue, il se rendit mieux compte des choses. Quand
Marguerite reparut, il comprit son erreur et fixant la
jeune fille avec des yeux surpris, il dit :

« Où suis-je? Et qui êtes-vous?

— Vous êtes chez des amis, répondit Marguerite simplement.

— Par pitié, mademoiselle! insista-t-il. J'ai la tête
encore si faible! Dites-moi que je ne suis pas fou, ou que
je ne rêve pas. Il me semble que je vous ai déjà vue. Où?
Je ne sais pas, je ne me souviens plus. Mais je vous
reconnais.

— Voulez-vous bien ne pas parler autant! dit Marguerite vivement sans autrement répondre. Vous allez me
faire gronder par notre bon docteur. Justement, voici
l'heure de sa visite. Je me sauve. »

Et, légère comme un oiseau, elle quitta la chambre.
Elle avait reconnu, elle aussi, le malheureux officier dès
le premier moment, malgré sa figure amaigrie, rendue
plus effrayante encore par une barbe de deux mois. Dans
cet ordre d'idées, les jeunes filles ont des yeux particulièrement pénétrants. Elle n'avait même pas eu besoin
de consulter la feuille des hospitalisés délivré à l'oncle
Daniel par le service de Santé de Majunga et qui portait
en tête :

« Gaulard, Georges, capitaine breveté, attaché à l'état-
major du général de brigade, commandant le 1ᵉʳ groupe;
33 ans; fièvre, anémie paludéenne. »

CHAPITRE VI

Henri retrouve les assassins de son père.

Quand Henri Berthier-Lautrec et sa sœur s'étaient séparés vers le milieu de mars, Henri pour prendre possession de son poste auprès du général Metzinger et Marguerite pour aller s'installer chez son oncle à Manakarana, la jeune fille avait fait promettre à son frère de leur envoyer de ses nouvelles aussi fréquemment que les circonstances et ses occupations le lui permettraient. Tout d'abord les lettres du jeune attaché au service des renseignements de la 1re brigade étaient arrivées assez régulièrement; puis, à mesure qu'il pénétrait dans l'intérieur avec son chef, elles étaient devenues de plus en plus rares, pour s'espacer davantage encore lorsque le général Metzinger eut dépassé Suberbieville; en outre, Marguerite et son oncle ayant sur ces entrefaites quitté Manakarana pour Maevasamba, les lettres si impatiemment attendues ne leur parvenaient plus qu'avec un mois, et parfois davantage, de retard.

C'est ainsi que Marguerite ne reçut que vers la fin de juillet la lettre suivante, que son frère lui avait adressée du camp d'Ankaboka dans les premiers jours de juin :

Ma chère Marguerite,

Une grande nouvelle, tout d'abord. Les principaux assassins de notre père sont tombés entre nos mains par une suite de circonstances vraiment merveilleuses et ils viennent d'expier leur crime. Dès aujourd'hui une partie de la tâche que je m'étais fixée se trouve donc accomplie ; mais j'espère bien ne pas m'en tenir là et venger plus complètement encore la mort du meilleur et du plus tendre des pères.

Voici maintenant quelques détails sur cette extraordinaire aventure. Tu sais que par ma fonction je suis chargé plus particulièrement d'interroger les Hovas et les Sakalaves qui tombent entre nos mains. A la fin de mai, des faits de brigandage s'étant multipliés dans la région d'Ankaboka, le général Duchesne voulut faire un exemple et donna l'ordre d'aller saisir chez lui Salima, roi des Sakalaves, véhémentement soupçonné d'avoir provoqué, ou tout au moins favorisé, les meurtres et les pillages dont ses sujets s'étaient rendus coupables. Il faut te dire que ce madré personnage, presque aussitôt après le débarquement du général Metzinger à Majunga, était venu en grand tralala faire sa soumission et protester de son dévouement à la France ; après quoi, la conscience tranquille, il était retourné chez lui et avait repris ses petites habitudes, c'est-à-dire qu'il s'était livré ouvertement, ou sous main, aux exactions de tout genre, vols, pillages, etc., dont il tire le plus clair de ses ressources. Le

drôle méritait donc une bonne leçon. Deux officiers du
2º bataillon du 200º, le capitaine Deniau et le lieutenant
Paris, se chargèrent avec le lieutenant Pierre, chef du
port d'Ankaboka, d'aller à eux trois mettre la main sur

Henri interrogea Salima.

Salima et de le ramener au camp mort ou vif; ils partirent tranquillement, les mains dans leurs poches, le
revolver à la ceinture, gagnèrent rapidement le village où
résidait Salima, s'emparèrent de sa personne sans la
moindre difficulté et le ramenèrent avec eux. On l'enferma au milieu du camp dans une case, où il fut gardé
à vue par deux factionnaires. Le lendemain, je reçus

l'ordre de procéder à son interrogatoire. Il commença
par vouloir m'éblouir en me déclarant d'un ton empha-
tique qu'il était très riche, qu'il possédait un trésor de
deux cent mille piastres et un nombre incalculable d'esclaves et de bœufs; puis, pressé par mes questions, il se
défendit comme un beau diable d'avoir trempé dans les
brigandages qui lui étaient reprochés, et rejeta toute la
responsabilité desdits brigandages sur un autre chef,
nommé Bako, et sur les Fahavalos. J'eus beau le tourner
et le retourner dans tous les sens, le rusé compagnon ne
sortit pas de là; et, bien que son intervention directe ne
fît point de doute pour moi, il me fut impossible de l'établir. Force fut donc de le laisser bénéficier du défaut de
preuves formelles; toutefois on le retint enfermé sous
bonne garde. En même temps on envoyait à Marolambo
saisir Bako; celui-ci protesta également de son innocence,
mais il déclara connaître les coupables, et désigna des villages où ils avaient amené quelques femmes et un grand
nombre de bœufs; il s'offrait même à aller lui-même
chercher les femmes et les troupeaux de bœufs. On le prit
au mot, et on l'envoya, flanqué d'une escorte respectable,
dans les villages en question; les voleurs avaient déguerpi
bien entendu quand on y arriva, mais on trouva les
femmes et les bœufs, et on les ramena au camp. Sur ces
entrefaites, Salima, continuant ses révélations, m'avoua
qu'il connaissait une bande de Sakalaves et de Fahavalos
qui pillaient la région du bas Betsiboka. Cette fois, je
demandai à me charger moi-même de l'opération. Je pris
avec moi quelques bons tireurs de la 8ᵉ compagnie du
200ᵉ et j'allai reconnaître consciencieusement les bords
du fleuve; je surpris trois chefs de Fahavalos à l'entrée

d'un petit village abandonné; mais la bande elle-même
s'était divisée et portée à la fois sur Maroabo et sur
Mahabo. Nous partîmes à sa poursuite et nous réussîmes
à nous emparer de trois autres chefs que nous ramenâmes
le soir même, avec les trois premiers, au camp d'Ankaboka. Je procédai à l'interrogatoire de mes prisonniers et
n'eus pas de peine à reconnaître qu'ils étaient coupables
tous les six d'une série de vols, de pillages, de meurtres,
d'incendies, avec cette circonstance aggravante qu'ils
avaient trouvé moyen de commettre tous ces brigandages
au nom de la France, en se servant pour cela de faux
laissez-passer signés du général Metzinger. Le conseil de
guerre, réuni deux jours plus tard, les condamna tous
les six à mort, après de courts débats où je figurai au
double titre d'interprète et de témoin. On les emmena
aussitôt; mais à peine avaient-ils passé le seuil de la
case où s'était tenue la séance du conseil qu'on entendit
le bruit d'une bousculade furieuse et des cris confus. Je
sortis précipitamment, et quelle ne fut pas ma surprise
en reconnaissant, se débattant au milieu du groupe formé
par les six condamnés et leur escorte, Naïvo, mon brave.
Naïvo, qui me sert d'ordonnance! Il était venu m'apporter
je ne sais quelle pièce à signer et, se trouvant sur le passage des bandits, il s'était approché pour les regarder de
plus près quand tout d'un coup on l'avait vu bondir
sur deux d'entre eux en poussant un cri terrible.
« *Mahafaty! Jolahy!* » (Assassins! brigands!) hurlait-
il en les secouant furieusement à la gorge. Si on ne les
eût arrachés de ses mains, il les étranglait. J'arrivai à ce
moment. En m'apercevant, il courut à moi, et me dési-
gnant les deux hommes à demi pâmés, les nommés

Andrianany et Ouledy, il m'expliqua en mots entrecoupés
que c'étaient ces deux bandits qui avaient tué mon
père ; il les reconnaissait ; il en était sûr ; comment s'y
serait-il trompé, d'ailleurs, puisqu'il avait assisté au
drame en faisant le mort lui-même, et qu'il n'avait rien
perdu de ce qui s'était passé ?

Tu devines, ma chère Marguerite, l'émotion qui me
bouleversa en apprenant que j'avais en face de moi les
misérables qui avaient si lâchement assassiné notre père.
Moi aussi, il fallut qu'un ami me retînt de force pour
m'empêcher de me jeter sur les deux bandits et les étran-
gler de mes mains. A quoi cela eût-il servi, d'ailleurs,
puisqu'ils ne pouvaient échapper maintenant au châtiment ? Quand je fus un peu remis, j'admirai le mystérieux
enchaînement de circonstances qui avait fait du fils de
la victime le principal instrument de la découverte, de
la prise et, jusqu'à un certain point, de la condamnation
des deux assassins. La préoccupation de rechercher ces
brigands ne m'avait pas quitté un seul jour depuis l'ouverture de la campagne, mais j'étais loin de m'attendre à
les trouver si rapidement. Il me semble maintenant que
j'ai un poids énorme de moins sur la poitrine, et je me
plais à m'imaginer que notre pauvre cher père reposera
plus tranquille depuis que sa mort est vengée.

Mais je veux te finir le récit de cette tragique histoire.
En attendant leur exécution, fixée au lendemain matin,
les six condamnés avaient été enfermés dans une case,
près de la popote des officiers de la 3ᵉ compagnie du 200ᵉ.
Je ne sais pas s'ils dormirent cette nuit-là ; quant à moi,
il me fut impossible de fermer l'œil ; la pensée que ces
misérables qui avaient fait de moi un orphelin étaient là,

à quelques pas de moi, suffit pour me tenir éveillé;
j'avais peur aussi qu'ils ne parvinssent à tromper la surveillance des hommes de garde. Aussi ne respirai-je que
lorsque cette interminable nuit eut pris fin. — Mais alors,
chose étrange, avec l'assurance que rien ne pouvait plus
désormais venir se mettre entre moi et la satisfaction de

Exécution des brigands fahavalos.

ma vengeance, une détente se produisit dans mes sentiments. Je m'étais bien promis d'assister à l'exécution; au
dernier moment, le cœur me manqua. J'avais vu sans
broncher des camarades tomber à mes côtés. J'avais fait
le coup de feu moi-même et abattu à bout portant d'une
balle de revolver, à la prise de Marovoay, un grand
diable de Hova qui accourait sur moi en brandissant ses
deux sagaies; mais autre chose est de tuer dans la chaleur de l'action un homme qui cherche lui-même à vous
tuer, autre chose est d'assister froidement à la mise à
mort légale et solennelle d'un prisonnier, les mains et les

pieds entravés, hors d'état de résister et de se défendre,
ce prisonnier fût-il d'ailleurs le dernier des misérables.

En revanche, Naïvo, dont la nature beaucoup plus
simpliste n'aurait rien compris à ces subtilités, arriva
l'un des premiers sur le lieu de l'exécution, choisi près
du village indigène, à la lisière d'un petit bois de tamariniers, et il ne quitta la place que lorsque l'expiation eut
été entièrement consommée. Sa face ordinairement plutôt
bonasse avait encore un rictus féroce lorsqu'au retour
il vint me raconter ce qu'il avait vu : d'abord, au petit
jour, les six pelotons commandés chacun par un sergent
venant se placer à quinze mètres des six piquets plantés
devant les tamariniers, à dix mètres de distance les uns
des autres; puis les troupes présentes à Ank boka arrivant, clairons en tête, et se déployant en carré, en arrière
des six pelotons, la quatrième face du carré étant formée
par la ligne des piquets d'exécution; sur un petit tertre,
en face de cette même ligne, tous les officiers, à leur tête
le colonel Bailloud, de passage à Ankaboka, et le commandant de la Guillonnière, qui venait d'y arriver pour
prendre les fonctions de commandant d'armes; puis, à
côté, le roi Salima et les chefs des différents villages sur
le territoire desquels avaient été commis les crimes qui
allaient être châtiés; à six heures et demie, annoncés par
une sonnerie de clairon, les six condamnés apparaissant,
au milieu de leur escorte, et venant se placer le dos
contre les piquets, auxquels on les lia par des cordes
après leur avoir bandé les yeux; le capitaine Deniau, de
la 8e compagnie du 200e, faisant fonctions de commandant d'armes, s'avançant devant les condamnés et leur
lisant leur sentence en langue malgache, sans qu'ils

manifestassent d'ailleurs la moindre émotion; puis, au signal donné par l'adjudant Lafont, de la 8ᵉ compagnie du 200ᵉ, en baissant son épée, une détonation très forte mais unique, celles des six pelotons s'étant mêlées et confondues; les six sergents se portant ensuite à côté des condamnés et leur tirant dans l'oreille le coup de grâce; et enfin, sur une dernière sonnerie de clairon, les troupes défilant devant les six cadavres et regagnant leur cantonnement. C'est alors seulement que Naïvo s'était décidé à se retirer à son tour pour venir me rendre compte de l'exécution.

Quoi qu'il en soit, voilà donc la mort de notre père vengée, en partie du moins; car si les principaux assassins ont expié leur crime, celui qui l'a inspiré, l'odieux gouverneur du Boueni, Ramasombazah, est encore vivant et libre. Mais j'ai le ferme espoir qu'il n'échappera pas non plus au juste châtiment qui lui est dû.

Que te dirais-je maintenant, ma chère Marguerite? Tu es informée sans doute des faits et gestes du Corps expéditionnaire; il est probable même que tu en sais plus que moi sur ce sujet; car à l'avant-garde, nous ignorons absolument tout ce qui se passe en arrière de nous. Ce que je puis te dire c'est que nous avançons toujours, lentement mais sûrement. Le général Duchesne, en homme conscient de la responsabilité qu'il a assumée, ne laisse rien au hasard, et ne fait pas un pas en avant qu'il n'ait assuré ses communications et ses approvisionnements.

Tu n'es pas sans savoir non plus que le plan primitif de la campagne a dû être refait de fond en comble et l'itinéraire dressé dans les bureaux de la Guerre entièrement modifié. Au lieu de couper au plus court, comme

l'état-major le désirait, nous avons été obligés de subor-
donner la détermination de notre route, entre Majunga
et Suberbieville, à la découverte d'eau potable; en effet,
il eût été impossible aux nombreuses colonnes qui se
suivaient de continuer leur marche.

Au delà de Suberbieville, nous aurons de l'eau partout;
en revanche, le bois nous fera défaut. Les Hovas détruisent tout derrière eux en se retirant; c'est même leur seule
manière de se défendre, car ils se dérobent chaque fois
que nous sommes sur le point de prendre contact avec
eux. Cette tactique déconcerte toutes les prévisions. Heureusement que le général Duchesne n'est pas facile à
prendre sans vert; quoi qu'il arrive, les événements le
trouveront toujours prêt.

La grosse affaire, c'est le ravitaillement; mais là aussi
nous avons la chance d'avoir, pour en assurer les multiples services, le plus actif et le plus infatigable des
hommes, le général de Torcy, chef d'état-major, qui s'est
révélé administrateur tout à fait hors ligne.

Quant à l'état sanitaire, sans être bien fameux encore,
il est moins mauvais que dans les commencements. Je
m'étonne même qu'avec les chemins abominables que
nous avons suivis à travers des marécages pestilentiels, et
surtout avec toutes les besognes qu'on a dû demander aux
soldats, nous n'ayons pas eu encore plus de fiévreux; les
cas de dysenterie ont été relativement rares et, chose assez
surprenante, nous n'avons pas eu un cas de typhus. La
température commence à être plus agréable, les journées
ne sont pas trop chaudes et les nuits sont plutôt fraîches,
tandis qu'en avril la chaleur était suffocante et que nous
avions, nuit et jour, la même température humide. Les

moustiques, qui nous ont fait beaucoup souffrir, ont presque entièrement disparu; il est vrai qu'il y a encore les fourmis rouges, qui envahissent par milliers nos lits, nos chaises, nos tables, et dont il nous est tout à fait impossible de nous débarrasser. En ce qui me concerne personnellement, je vais toujours très bien. Je suis vacciné contre la fièvre par mes dix-huit mois de séjour dans l'île, et, comme je me garde soigneusement de toute imprudence, j'ai le ferme espoir de tenir bon jusqu'au bout.

Je compte que, vous aussi, vous vous portez bien à Manakarana. Donne-moi quand même de vos nouvelles, ma chère Marguerite, et dis-moi ce que vous devenez. Nous recevons nos courriers très irrégulièrement et avec des retards considérables; mais enfin les lettres finissent toujours par nous arriver. Ne me ménage pas les tiennes, je t'en prie. Si tu savais quelle joie c'est pour moi de causer un peu longuement avec toi!

Je vous embrasse bien fort tous les deux, mon bon oncle et toi.

Ton frère,

HENRI BERTHIER-LAUTREC.

CHAPITRE VII

Les grandes colères de l'oncle Daniel.

Dans les premiers jours d'août, le vieux Daniel reçut l'avis que le *Yang-Tsé* venait d'entrer en rade de Majunga. Il partit aussitôt pour aller prendre livraison du stock de médicaments qu'il s'était fait expédier par la maison Cassoute frères, de Marseille.

Mais on eût dit que tout conspirait pour mettre aux plus rudes épreuves le peu de patience que la nature avait départi à l'excellent négociant; non pas que le paquebot des Messageries Maritimes ne recélât pas dans ses vastes flancs l'envoi si impatiemment attendu; bien au contraire, lorsque Daniel se présenta à bord, le subrécargue lui montra quatorze caisses de dimensions respectables empilées dans l'entrepont, et qui toutes portaient son nom et son adresse en belles lettres romaines imprimées en couleur très noire; mais ce fut au moment du règlement des comptes que les difficultés surgirent. Habitué à traiter rapidement les questions d'argent, Daniel, en

entrant dans le bureau du subrécargue, tira son carnet
de chèques sur la succursale du Comptoir d'Escompte de
Majunga, et demanda quel chiffre il devait inscrire.

Le subrécargue ouvrit son livre et répondit :

« Mais vous ne me devez rien, monsieur. Tout est payé.

— Comment cela? répondit Daniel stupéfait. C'est
impossible. Il y a erreur.

— Voyez vous-même. »

Daniel regarda sur le livre et constata qu'en regard de
l'inscription des quatorze caisses expédiées à M. Daniel
Berthier-Lautrec, ambulance de Maevasamba, par Manakarana, province du Boueni, Madagascar, livrables en gare
de Majunga, il y avait la mention : « Tous frais payés,
rien à percevoir. » Cela était en contradiction si formelle
avec la façon de procéder ordinaire de ses correspondants de Marseille que Daniel ne voulait point se rendre,
d'autant plus que, tout compris, l'envoi devait se monter
à une somme assez ronde, cinq ou six mille francs pour
le moins. Convaincu que cela ne pouvait être qu'un
malentendu, il voulait laisser une forte provision entre
les mains du subrécargue; mais celui-ci s'y refusa énergiquement; son livre étant parfaitement en ordre, il lui
était impossible d'encaisser des fonds qui ne lui étaient
pas dus. Le vieux Daniel insistant pour payer, le subrécargue s'obstinant à ne pas recevoir, la discussion menaçait de tourner à l'aigre, si bien qu'impatienté, le subrécargue déclara tout net au vieux Daniel que, si celui-ci ne
se décidait pas enfin à prendre livraison des quatorze
caisses expédiées de Marseille à son adresse, il se verrait
dans la nécessité de les faire débarquer d'office pour être
déposées dans les magasins des Messageries, attendu qu'il

était pressé de se débarrasser de son chargement, le
Yang-Tsé devant reprendre la mer le 10 courant.

Il ne fallut pas moins que cette mise en demeure caté-
gorique pour décider enfin l'entêté Daniel à faire enlever

La discussion menaçait de tourner à l'aigre.

les précieux colis. Ce qui lui semblait plus extraordinaire que tout le reste, c'était qu'un envoi fait dans des
conditions aussi anormales n'eût pas été au moins
accompagné d'une lettre explicative de la maison Cassoute frères. Mais le subrécargue lui fit observer que, le
courrier ayant été débarqué pour être distribué une
heure après l'entrée du *Yang-Tsé* en rade de Majunga, il

était fort possible que la lettre à lui adressée, en supposant qu'il y en eût une, fût déjà partie pour sa destination.

« Vous l'aurez croisée en route, et vous la trouverez en
rentrant chez vous », dit l'agent à Daniel.

Le vieux négociant n'était point convaincu ; mais, de
guerre lasse, il dut s'incliner. Sur son ordre, la *Ville-de-
Paris*, qui l'avait amené de Manakarana, vint se ranger
bord à bord contre le *Yang-Tsé* ; le transbordement se fit
sans accident et, le soir de ce même jour, Daniel quittait
la rade de Majunga, cherchant encore à comprendre comment les choses avaient dû se passer.

A Manakarana, il fallut ouvrir les caisses et les dédoubler, car elles étaient fort pesantes, et leur transport ne
demanda pas moins d'une trentaine de porteurs, qui
mirent trois jours à gagner Maevasamba.

En arrivant, Daniel trouva, comme l'avait supposé le
subrécargue du *Yang-Tsé*, une lettre de la maison Cassoute
frères qui lui donnait la clef du mystère.

Aussitôt la réception de la dépêche de Daniel, le bruit
s'était répandu dans Marseille qu'on préparait chez Cassoute un stock considérable de médicaments pour une
ambulance privée de Madagascar. A cette nouvelle, l'Association des Dames françaises, section de Marseille,
s'était émue ; le comité, convoqué d'urgence, avait voté à
l'unanimité qu'on prendrait au compte de l'association
tous les frais de l'envoi, transport compris. Dans un élan
de patriotique enthousiasme, les charitables dames mar-
seillaises avaient également résolu de ne point borner
ledit envoi aux médicaments demandés par le vieux
Daniel, et elles y avaient joint tout un chargement de

denrées diverses, d'un usage pratique et réconfortant. Et
voilà comment, au lieu des trois ou quatre caisses qu'il
attendait, l'excellent homme s'en était vu délivrer quatorze, et pourquoi, lorsqu'il avait voulu régler la note,
l'agent du *Yang-Tsé* lui avait fermé sa caisse au nez.

A la vue de toutes les richesses que les trente porteurs
de son oncle vinrent déposer à tour de rôle sous la
véranda de la maison, Marguerite battit des mains
comme une enfant, heureuse pour ses chers malades
qu'elle allait pouvoir gâter à son aise. Chaque ballot
qu'on ouvrait devant elle lui arrachait des cris de joie, et
tout de suite elle pensait à la somme de jouissances qui
allait pouvoir se répandre en pluie bienfaisante sur les
pensionnaires de l'ambulance.

Outre un fort approvisionnement de médicaments de
toute sorte, dont le docteur Hugon s'empara avec un
empressement jaloux, il y avait de tout dans les pré-
cieuses caisses : des eaux minérales de Vichy, de Vals, de
Saint-Galmier, avec des filtres Lutèce, du lait conservé,
stérilisé, pasteurisé, des conserves de viande, de poisson
mariné, de légumes variés; des vins de Bordeaux et de
Champagne; des paquets de tabac, de cigares et de ciga-
rettes par centaines; des chemises, des gilets et des cein-
tures de flanelle, des tricots, des chaussettes de laine;
jusqu'à des jeux de cartes et de dominos; des rames de
papier à lettres, des livres, des journaux illustrés; toute
une provision de pains de savon, de fil, d'aiguilles et
quantité d'autres objets du même genre.

Immédiatement, Marguerite voulut faire une première
répartition de ses trésors. Chacun reçut sa part, sauf en
ce qui concernait les vins, le docteur réclamant le soin

de les distribuer lui-même, en raison des grands ménagements dont la plupart des malades avaient encore besoin.

On pense que le capitaine Gaulard ne fut pas oublié,
d'autant que son état continuait à s'améliorer sensiblement, quoique trop lentement à son gré.

C'était, d'ailleurs, le plus charmant garçon du monde.
D'un caractère aimable et d'un esprit élevé, il avait la
plus vive reconnaissance pour les soins qui lui étaient
prodigués et ne savait comment la témoigner. Aussi tout
le monde l'aimait-il à l'ambulance, Marguerite d'abord
dont il était le favori, puis le docteur Hugon et l'oncle
Daniel. Celui-ci en était arrivé à ne plus pouvoir se passer
de son capitaine, lequel avait pris sur lui un empire absolu,
sans avoir rien fait pour cela ; tout au contraire, et bien
qu'ils fussent aussi bons patriotes l'un que l'autre, il était
difficile de rencontrer deux hommes de nature et d'humeur
plus dissemblables : autant le capitaine voyait les choses
du bon côté et l'avenir en rose, autant le vieux négociant
grondait et grognait, n'épargnant personne dans ses critiques, et se montrant très pessimiste en ce qui concernait l'issue de la campagne. Aussi n'étaient-ils presque
jamais du même avis ; c'était entre eux continuellement,
à propos de tout et de rien, des discussions homériques ;
ce qui ne les empêchait pas de s'estimer et de s'aimer
tous les deux.

En particulier, l'histoire des fameuses caisses transportées par le *Yang-Tsé* et surtout l'intervention de l'Association des Dames françaises de Marseille en cette affaire,
dont le vieux Daniel n'avait pas encore pris son parti,
avaient provoqué entre lui et le capitaine une interminable
discussion.

— Il faut qu'elles se fourrent partout, ces femmes! s'était écrié le vieux grondeur. Est-ce qu'on leur demandait quelque chose? Qu'elles donnent à ceux qui leur tendent la main, ça c'est leur affaire; mais qu'elles nous laissent tranquilles, pour l'amour de Dieu!

Le capitaine Gaulard discutait avec l'oncle Daniel.

— Voyons, voyons, cher monsieur Berthier, avait répliqué le capitaine, vous ne pouvez pourtant pas faire un crime à ces dames de leur généreuse initiative!

— Si encore elles s'étaient contentées d'envoyer des médicaments, des eaux minérales, des conserves même! Mais quelle idée bizarre de nous encombrer de tous ces colifichets! Pour un peu, pendant qu'elles y étaient, elles auraient pu nous faire un envoi de confitures et de berlingots.

— On voit bien que vous ne vous êtes jamais trouvé dans un poste isolé, sans autres ressources qu'un peu de riz et un morceau de biscuit dur comme de la pierre. Sans cela, vous sauriez avec quelle joie délirante on voit arriver à dos d'homme ou de mulet quelque caisse remplie de ces colifichets que vous dédaignez si fort.

— Parviennent-elles seulement à leur destination, ces caisses? M'est avis qu'il en doit rester pas mal en route. Est-ce qu'on n'a pas pincé je ne sais où d'aimables chapardeurs en train de sabler joyeusement le champagne de ces excellentes dames?

— Le fait est possible, mais il n'a pas dû se représenter souvent. Ce que je puis vous dire, moi, c'est que les précautions les plus minutieuses sont prises pour que les dons envoyés de France arrivent intégralement et même rapidement aux intéressés. Ceux destinés aux troupes sont expédiés, aussitôt leur réception, aux généraux commandant les brigades, qui se chargent d'en assurer la répartition entre les corps ou fractions de corps placés sous leur commandement. Quant aux dons destinés aux malades, ils sont adressés aux médecins-chefs des hôpitaux et des ambulances qui les distribuent aux hospitalisés, au mieux de leurs intérêts.

— Eh! parbleu, je n'ai pas dit que c'était la faute du général Duchesne!

— Il ne manquerait plus que cela! Vous pouvez ajouter qu'il n'est pas d'homme en qui l'on doive avoir plus confiance que dans le général Duchesne. C'est un caractère froid et énergique, qui sait ce qu'il veut. Aussi inspire-t-il à ses hommes la foi qu'il a en lui-même. Voyez-vous, monsieur Berthier, il faut se méfier des impatiences irré-fléchies et de cette tendance à tout critiquer qui est dans notre nature, à nous autres Français. J'enrage quand je lis dans les journaux qu'on m'envoie de Paris des cor-respondances de Madagascar évidemment fabriquées de toutes pièces sur le boulevard, et où un monsieur sans talent ni conscience étale impudemment une ignorance absolue de la réalité et un parti pris odieux de dénigre-ment. La responsabilité d'un chef qui a une armée à con-duire, et une grande œuvre à accomplir dans des condi-tions d'argent et de temps presque imposées, est chose assez délicate pour qu'on ait la pudeur de lui épargner des critiques si décourageantes. Ce qu'on devrait com-prendre surtout, c'est que cette campagne est bien moins une guerre d'hommes à hommes qu'une lutte avec les éléments, avec les résistances inertes de la nature. Quand on livre bataille à l'ennemi, au moins les résultats de la victoire sont immédiats; mais lorsqu'on s'attaque à la nature elle-même, c'est toujours à recommencer, et il faut autrement d'énergie et de fermeté d'âme pour résister sans faiblir au climat et aux privations que pour courir au feu, la poitrine découverte. Pensez que c'est à travers un véritable désert, couvert de broussailles, d'herbes hautes, ou de marais pestilentiels, que marche le Corps expéditionnaire; et cela avec un matériel qui ne peut rendre, si soigneusement et si habilement qu'il ait été conçu, que de médiocres services. Que voulez-vous! On avait bien prévu qu'on rencontrerait de sérieuses difficultés de tout genre; et on avait fait en conséquence des préparatifs considérables, calculés d'après des renseignements recueillis sur place ; mais ce n'est qu'à l'œuvre qu'on put se faire une idée exacte des obstacles et de l'insuffisance des moyens qu'on avait pour les franchir. Malgré tout, on s'est débrouillé tant bien que mal. La marche en avant progresse logiquement, méthodiquement, sans autres arrêts que ceux qui sont indispensables pour assurer la communication et les approvisionnements des troupes.

— Tout cela est très joli ; mais il n'y en a pas moins eu de grosses fautes de commises dès le début. Le *wharf*, par exemple, qui devait avancer si facilement dans la mer jusqu'à trois cents mètres et qu'on n'a jamais pu pousser plus loin que quatre-vingts, les fonds étant impraticables ; ce qu'on aurait pu découvrir plus tôt, j'imagine, avec des sondages bien exécutés !

— Eh ! croyez-vous que c'était déjà si commode de pratiquer des sondages minutieux dans l'estuaire de Majunga avant le débarquement de nos troupes ? Il a bien fallu s'en remettre à l'expérience et à l'habileté de la compagnie chargée du travail, la même du reste qui avait construit avec un plein succès le *wharf* de Cotonou, lors de l'expédition du Dahomey.

— Soit ! mais, au moins, on aurait pu s'arranger pour faire venir à temps les canonnières, les remorqueurs et les chalands destinés à assurer le ravitaillement du Corps expéditionnaire, en remontant le Betsiboka sur une longueur de plus de cent quarante kilomètres.

— C'est facile à dire. Mais là encore les renseignements fournis à l'avance se sont trouvés inexacts et ne permettaient aucunement de prévoir que la rivière n'avait pas un tirant d'eau suffisant pour porter les chalands. Ce sont là des erreurs assez malaisées à éviter quand on doit manœuvrer en pays à peu près inconnu. C'est comme les itinéraires établis théoriquement à la suite des reconnaissances effectuées avant l'ouverture des opérations; pouvaient-ils nous édifier sur toutes les difficultés de la marche en avant, quelque soigneusement qu'ils aient été faits d'ailleurs? Le pays est extrêmement accidenté, coupé fréquemment de profonds ravins, puis se relevant par une succession de crêtes rocheuses très difficiles à aborder. Pour s'avancer à travers tant d'obstacles, il fallait des troupes comme les nôtres, d'une endurance et d'un dévouement supérieurs à tout ce qu'on peut imaginer. Quant à la route qui nous a coûté si cher et causé tant de retards, sa seule excuse est qu'elle était absolument indispensable. Vous qui connaissez le pays, vous savez mieux que personne qu'autre chose est de suivre, à quelque vingt, ou trente, ou même cent hommes, si vous voulez, un sentier de caravane, seule piste qui existât antérieurement, ou de faire avancer quinze mille soldats, sans parler de l'artillerie, des munitions, des approvisionnements de tout genre.

— Il fallait vous assurer à l'avance un nombre suffisant de porteurs indigènes.

— On a fait ce qu'on a pu. Une commission spéciale, composée de deux officiers et d'un fonctionnaire civil, a été envoyée en temps opportun sur la côte orientale d'Afrique pour recruter des Somalis et autres indigènes en quantité suffisante. Seulement, pour plusieurs raisons, notamment parce que très probablement certaines puissances européennes avaient usé de leur influence dans ces régions pour détourner les indigènes d'accepter nos propositions, l'insuccès fut à peu près complet; à peine pûmes-nous en recruter quelques centaines, au lieu des vingt ou vingt-cinq mille dont nous avions besoin.

— C'est comme pour les mulets, alors?

— Pour les mulets, il nous en aurait fallu presque autant en effet, plus les conducteurs. Au reste, ces animaux n'auraient pas rendu sans doute les services qu'on attendait d'eux, par la raison qu'il leur faut, surtout dans ce pays, une nourriture assez abondante, et qu'ils n'auraient pu porter par suite grand'chose, en plus de leur provision d'orge pour huit jours. Il est démontré, d'autre part, qu'un convoi de sept à huit cents mulets, suivant un chemin aussi étroit que les sentiers de l'intérieur de l'île, aurait défoncé à tel point ce chemin qu'il serait devenu ensuite impraticable aux hommes de troupe. La création d'une route s'imposait donc, si coûteuse qu'elle pût être; et l'on ne saurait nier qu'elle nous donne d'excellents résultats, puisque les voitures Lefebvre...

— Ah! oui, les fameuses voitures Lefebvre! Parlons-en!

— Bon! vous voilà comme les autres, comme les journaux de Paris qui semblent avoir pris ces malheureuses voitures pour tête de Turc. Il est certain, je suis le premier à le reconnaître, que les voitures Lefebvre manquent de solidité, surtout en ce qui concerne la jonction des brancards avec la caisse; elles ont été évidemment construites avec trop de hâte; peut-être aussi s'est-on montré trop indulgent dans la réception du travail. Mais voilà, on était pressé, on n'avait plus de temps à perdre. Quoi qu'il en soit, sans ces voitures légères à deux roues, tout en fer, on n'aurait jamais pu créer ces centres d'approvisionnements — ces biscuits-villes, comme on les appelle dans l'argot militaire — qui permettront quand il ne s'agira plus que d'une marche forcée, d'un *raid*, de quinze à vingt jours, d'aller rapidement de l'avant rien qu'avec le petit nombre de porteurs et de mulets à bât dont nous pouvons disposer. Le véritable inconvénient de ces voitures, c'est qu'elles ont nécessité l'établissement de cette maudite route, qui nous a causé tant de retard et coûté tant de monde.

— Si encore on n'y avait employé que les contingents d'Algérie et du Sénégal, les tirailleurs sakalaves, les soldats de la Légion étrangère et les Haoussas, tous gens habitués aux températures tropicales! Quant aux troupes européennes, il aurait fallu leur faire traverser rapidement les parties basses et torrides de l'Ile, et les envoyer le plus vite possible sur les plateaux salubres de l'Imerina. On aurait ainsi sauvé la vie et la santé à un nombre considérable d'hommes.

— Peut-être, mais il faut dire que nos soldats sont beaucoup trop jeunes pour la plupart et offrent peu d'endurance au climat. C'est surtout pour cette raison que le pauvre 200° a été si cruellement éprouvé, tandis que le 13° d'Infanterie de marine, par exemple, est plein d'entrain et de vigueur, grâce à la forte proportion de ses rengagés, qui est au moins du tiers dans le rang, et grâce aussi à l'expérience acquise par ses officiers et par ses hommes dans de précédentes expéditions coloniales; car, le plus souvent, c'est à l'imprudence et à l'insouciance incroyable des soldats qu'on doit les accidents qui surviennent, et même les attaques de fièvre ou de dysenterie. Malgré la surveillance la plus stricte et les plus pressantes recommandations, il y a toujours des hommes qui veulent faire les malins, qui mettent une sorte de point d'honneur « à ne pas couper », comme ils disent. Allez donc empêcher ces hommes-là de boire un coup d'alcool après une marche forcée dans la brousse, en leur expliquant que l'alcool ici c'est presque toujours la mort, ou tout au moins la maladie! Je me souviens qu'un jour à Marololo, apercevant un soldat en train de déjeuner tranquillement, assis sur un tertre en plein soleil, je lui fis remarquer qu'à moins de deux mètres de là il y avait une sorte de hangar vide où il serait au moins abrité; vous croyez qu'il me remercia? Ce fut tout au plus, au contraire, s'il ne m'envoya pas promener; il ramassa ses vivres en maugréant et gagna le hangar en me lançant un regard de côté, comme si c'était uniquement pour lui être désagréable que je l'avais engagé à éviter une insolation presque certainement mortelle. Une autre fois, j'ai vu le général Duchesne obligé d'infliger, pour l'exemple, un mois de prison à un Haoussa qui, au mépris de la consigne, s'était baigné en plein midi dans le fleuve, ce qui était d'autant plus sot que le Betsiboka dans ces parages est rempli de caïmans. Pour préserver de leurs atteintes les chevaux et les mulets, on était forcé de les abreuver dans des toiles de tente placées à quelques mètres de la rive : une fois même, un tirailleur sakalave s'étant approché du bord pour boire, un caïman le saisit par la nuque et l'entraîna sous les eaux. Il n'y a pas de surveillance qui tienne contre une pareille insouciance, et les accidents qu'elle amène échappent absolument à la responsabilité du commandement. Jamais pourtant chefs ne montrèrent une sollicitude plus éclairée, un dévouement à leurs hommes plus incessant. On peut en dire autant de l'Intendance, qui s'acquitte avec beaucoup de zèle de sa mission particulièrement délicate et aussi du service de Santé. On n'attend même pas que les hommes soient terrassés par la maladie pour les entourer de soins minutieux. Les officiers ont l'ordre de veiller personnellement à ce que les soldats sous leur commandement prennent chaque jour, à titre de précaution préventive, une ou deux des pilules de quinine dont ils ont tous reçu un flacon à leur débarquement sur la terre de Madagascar. Pour les garantir en outre dans la mesure du possible des cruelles morsures des maringouins, on a distribué aux troupes des voiles moustiquaires qui s'adaptent au casque et garantissent parfaitement la figure et la nuque. J'ai écrit de ma main, sous la dictée du Général, une circulaire prescrivant et réglementant l'usage quotidien de la douche ; chaque poste devait être pourvu d'appareils à douches installés d'une façon sommaire, mais très suffisamment pratique au moyen de demi-barriques ; la même circulaire revenait sur la défense formelle de se servir d'une autre eau que l'eau filtrée, non seulement pour l'alimentation, mais encore pour les soins de propreté : interdiction non moins formelle aux hommes, en dehors d'un service commandé, de sortir de la tente ou du baraquement entre dix heures du matin et trois heures de l'après-midi, temps réservé à la sieste et au repos absolu, pendant lequel l'unique consigne est de dormir, sinon de ronfler. Vous voyez que ce ne sont pas les bons conseils ni les prescriptions pratiques qui ont manqué aux hommes, et qu'en tout cas il

n'a pas tenu au Général que la fièvre ou les accidents
n'aient fait moins de victimes. Heureusement, à mesure
que le Corps expéditionnaire s'avance vers les plateaux,
l'état sanitaire ne peut manquer de s'améliorer. La température, encore très élevée dans la journée, s'abaisse
sensiblement durant la nuit et les fièvres ne sont plus
guère à redouter.

— Oui, mais gare la mauvaise saison !

— Avant la mauvaise saison, nous serons à Tananarive.

— Le ciel vous entende ! » fit l'oncle Daniel, à bout de
raisons ; et, sous un prétexte quelconque, il quitta brusquement le capitaine.

CHAPITRE VIII

Prise de Mavetanana.

Ce fut bien autre chose lorsque, quelques jours après, le capitaine Gaulard déclara que, se sentant guéri, il avait le devoir de ne pas rester davantage à l'ambulance et qu'il comptait en partir incessamment pour aller reprendre son poste auprès du général Metzinger.

« Guéri! lui cria le vieux Daniel, pris d'un accès de fureur qui le secouait tout entier. Ah! vous vous sentez guéri! Mais regardez-vous donc. Vous ne tenez pas debout. Si encore on avait besoin de vous! Mais ce ne sont pas les hommes qui manquent, il me semble, et, si l'on doit entrer à Tananarive, on n'y entrera pas un jour plus tôt parce que vous serez là. Votre devoir! Laissez-moi donc tranquille; vous avez fait plus que votre devoir. Vous avez largement payé votre dette et vous pouvez sans aucun scrupule laisser à d'autres le soin d'achever la besogne que vous avez commencée. »

Le pauvre Daniel était bleu de colère. C'est que jamais

l'idée ne lui était venue que le capitaine pouvait songer
à reprendre du service actif au cours de la campagne.
Voyant qu'il n'y avait rien à gagner avec ce malade récal-
citrant, dont la résolution semblait parfaitement arrêtée,
il lui déclara qu'il s'opposerait, fût-ce par la force, à ce
qu'il quittât l'ambulance avant d'être radicalement guéri ;
sa responsabilité à lui, Daniel Berthier-Lautrec, était
engagée à l'endroit du service de la Santé de Majunga,
et il était décidé à ne le laisser partir que sur un *exeat*
en bonne et due forme signé par le Dr Hugon.

Bien entendu, Daniel se réservait *in petto* de chapitrer
le brave docteur et d'obtenir de lui qu'il ne se laissât
arracher le fameux *exeat* sous aucun prétexte ; mais, à sa
grande surprise, il trouva le vieil Hugon complètement
rétif à sa manière de voir. Le docteur affirmait que le
capitaine était assez remis pour reprendre son service, à
condition qu'il continuât encore certaines prescriptions
pendant quelque temps.

Comme la scène se passait en présence de Marguerite,
Daniel se tourna vers elle pour la prendre à témoin et la
sommer d'empêcher ce qu'il appelait une criminelle
folie. La jeune fille semblait tout attristée elle-même par
la perspective du départ de son malade favori, mais ce
n'en fut pas moins d'une voix ferme qu'elle répondit à
son oncle :

« Assurément il n'est guère prudent à M. Gaulard de
rejoindre son poste avant d'être parfaitement guéri.
Mais du moment que notre bon docteur juge qu'il peut
nous quitter, nous n'avons pas le droit de le retenir
contre sa volonté. »

L'oncle Daniel n'en revenait pas.

« Alors, s'écria-t-il tout dépité, si vous vous mettez
tous contre moi, je n'ai plus qu'à me taire. C'est bien!
Faites comme il vous plaira. Seulement je vous préviens
que je me lave les mains de ce qui pourra arriver. Avant
huit jours, le pauvre diable retombera plus bas que
jamais, mais c'est lui et c'est vous qui l'aurez voulu. »

Et là-dessus il sortit, en claquant les portes derrière
lui; ce qui, du reste, ne l'empêcha pas le lendemain
matin de prendre lui-même, avec un soin minutieux,
toutes les dispositions pour assurer et faciliter le voyage
de retour du capitaine. Il prétexta même, pour l'accompagner jusqu'à Majunga, l'obligation où il était de le
remettre lui-même entre les mains du directeur du service de Santé, qui le lui avait confié.

En prenant congé de ses amis, comme il voulait les
appeler désormais, le capitaine Gaulard leur dit avec émotion quels souvenirs reconnaissants il emportait des soins
qui lui avaient été prodigués, soins si parfaits, si délicats,
si affectueux que certainement il n'aurait pas été mieux
traité dans sa propre famille; il promit de leur donner de
ses nouvelles toutes les fois que les circonstances le lui
permettraient, et de ne point rembarquer pour France,
une fois la campagne terminée, sans venir revoir Maevasamba et passer quelques jours avec ses aimables hôtes.

Lorsque, trois semaines après, le capitaine eut rallié
Suberbieville où se trouvait encore le général Metzinger
et qu'il se présenta devant son chef, celui-ci ne pouvait
en croire ses yeux.

« Comment! c'est vous, mon pauvre Gaulard? lui dit-il.
Ah bien! par exemple, si je comptais vous revoir! Je puis
bien vous dire ça, maintenant. Enfin, vous voilà! c'est

l'essentiel. Quand pouvez-vous reprendre votre service?

— Mais tout de suite, mon général.

— Eh bien ! donc, à demain matin. Vous avez la journée pour vous installer. »

Les camarades du capitaine lui firent fête également. Eux aussi l'avaient considéré comme perdu, ou tout au moins comme hors d'état de continuer la campagne, et ils l'avaient beaucoup regretté, car c'était un excellent compagnon en même temps qu'un excellent officier.

Bien qu'il fût déjà à peu près au courant des faits de guerre qui s'étaient passés en son absence, il se fit donner des détails sur les deux plus importantes de ces opérations, le passage du Betsiboka et la prise de Mavetanana.

« Le passage du Betsiboka, lui dit le commandant Hubert, un de ses meilleurs amis, avait soulevé par avance d'assez vives appréhensions ; il s'opéra néanmoins dans les meilleures conditions, en dépit des nombreux Hovas massés sur la rive gauche de la rivière, près de son confluent avec l'Ikopa. Dès que notre avant-garde parut, les Hovas ouvrirent le feu sur elle ; mais notre artillerie et notre infanterie ayant pris position sur la rive droite à la hauteur du confluent, pendant qu'une des canonnières remontait le chenal de la rivière et qu'une section de la Légion étrangère débarquait sur la rive gauche de l'Ikopa pour assaillir l'ennemi de flanc, les Hovas, criblés de projectiles et menacés d'être tournés, déguerpirent si précipitamment qu'en moins d'une demi-heure ils avaient complètement disparu.

« Aussitôt le passage commença, à l'aide d'un chaland

d'abord ; puis, comme cela marchait trop lentement et
que le Betsiboka, large de près de quatre cents mètres,
est coupé en deux par un îlot et guéable, le reste de

« Ce fut l'infanterie
qui passa la première
le Betsiboka. »

l'avant-garde passa à gué.
Des bords de la rivière, le
coup d'œil ne manquait pas
de pittoresque ; il était
même assez émouvant.

  « Ce fut l'infanterie qui passa la première, avançant
lentement dans l'eau jusqu'à l'aisselle, l'arme levée à
bout de bras au-dessus de la tête ; ce bain forcé, loin
de refroidir l'entrain des soldats, réveillait plutôt leur
gaieté ; c'était à qui lancerait la blague la plus drôle.

Après l'infanterie, la cavalerie et l'artillerie passèrent;
les petits chevaux arabes entrèrent gaillardement dans le
fleuve, fendant le courant de leur poitrail, le pied sûr,
bien appuyé; malgré la profondeur qui atteignait par
endroits un mètre vingt, les chutes furent rares, encore
étaient-elles imputables bien plus à la lourdeur du
paquetage qui surchargeait l'animal qu'à son manque
d'adresse et de solidité. Mais quand ce fut le tour des
mulets du convoi, les choses changèrent complètement de
face. Si on ne les avait pas maintenus debout à grands
coups de fouet, ils se seraient tous couchés, trop heureux
de trouver l'occasion de se rouler dans une eau fraîche
et de se débarrasser de leur lourd fardeau. Quelques-uns,
plus tenaces et plus durs aux coups, s'offrirent quand
même cette fantaisie; et plus d'un officier, en arrivant
à l'étape, eut le désagrément de constater d'horribles
dégâts causés dans sa cantine par l'eau du Betsiboka.
Quelques bagages même, entraînés au fil de l'eau,
durent être abandonnés; car les caïmans, éloignés par le
bruit de tout ce monde, commençaient à montrer leurs
têtes un peu en aval et il n'y eut pas d'offre, si alléchante
qu'elle fût, qui pût décider les conducteurs kabyles à
s'aventurer à la recherche des cantines naufragées. En
somme, on peut dire que le passage de l'avant-garde s'est
effectué sans accident sérieux; mais pour le reste du Corps
expéditionnaire, et surtout pour les services du ravitaillement, il fallait absolument jeter un pont; car il était
impossible de songer à faire passer à gué les voitures des
convois. Ce n'était pas une petite affaire, le fond mouvant
de la rivière se refusant à recevoir un pont de chevalets,
et les voitures Lefebvre n'étant pas non plus utilisables

dans l'espèce, leurs caisses assemblées devant nécessairement former digues et risquer d'être emportées par le
courant. Heureusement le dévouement et l'habileté du
Génie étaient à la hauteur des circonstances et l'opération,
attaquée avec entrain, fut menée rondement et enlevée
dans un laps de temps in-
croyablement court.

• Le génie construit un pont. •

« Quant à la prise de Mavetanana, nous nous en tirâmes
également avec un bonheur et une rapidité que nous
n'osions pas espérer. La position est très forte en effet,
et cinq cents hommes de bonnes troupes françaises y
auraient pu tenir indéfiniment contre toute une armée ;

heureusement pour nous, nous n'avions affaire qu'à des
Hovas. Aussitôt le Betsiboka passé, l'avant-garde avait
continué son mouvement. Dans la matinée du dimanche
9 juin, elle arriva au pied de la colline isolée et escarpée
sur laquelle s'élève Mavetanana. Nos canons de batterie
prirent position sur un petit mamelon à deux mille cinq
cents mètres de la ville, encadrés à droite par le 40° bataillon de Chasseurs et à gauche par les Tirailleurs algériens. Quelques lambas blancs s'étant laissés apercevoir
dans un petit bois à mi-côte, l'artillerie le fouilla avec
une dizaine d'obus, pendant que Chasseurs et Tirailleurs
exécutaient leur mouvement par le nord et par le sud
à la fois. Les canons ennemis ouvrirent alors le feu;
leur tir devait être repéré, car leurs obus arrivaient dans
nos lignes et un lieutenant de la batterie eut son casque
traversé par un éclat. Nous répondîmes vigoureusement;
et, un groupe de Hovas assez imposant s'étant montré à
la pointe nord de la ville, on envoya dans cette direction
quelques projectiles chargés à la mélinite. L'effet produit
fut extraordinaire. Le bruit terrifiant et tout particulier
que fait la mélinite en éclatant, les gerbes de terre et de
pierres qu'elle soulève et projette de tous côtés détermi-
nèrent immédiatement un sauve-qui-peut général. Nous
entendîmes une immense clameur qui dominait le fracas
des détonations; puis les canons hovas se turent et nous
vîmes de loin des milliers de lambas blancs dévalant précipitamment par les pentes sud, poursuivis par nos feux de
salve qui en démolirent des quantités. « Les balles fran-
« çaises, nous dit le soir même un prisonnier, balayaient
« nos rangs comme l'eau qu'un jardinier répand dans un
« jardin au moyen d'un arrosoir. » Un détail assez typique :

les officiers et soldats qui réussirent à échapper aux balles
de nos Tirailleurs et aux coups de sabre de notre cavalerie s'enfuirent absolument nus ; c'est, paraît-il, une coutume chez les Hovas de retirer leurs vêtements avant
d'aller au combat. Encore un souvenir qui me revient :
en voyant le mouvement de retraite des Hovas se des-
siner, le général Metzinger, se retournant vers les officiers

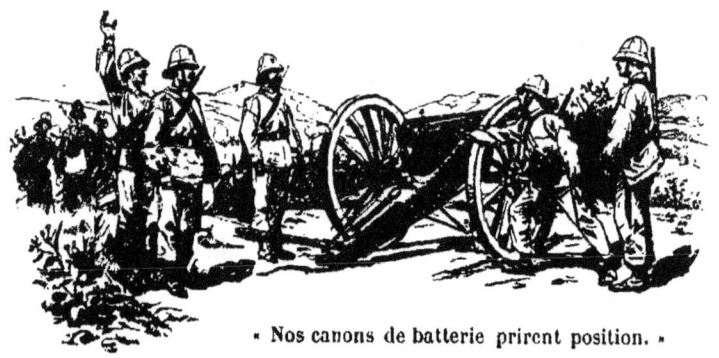

« Nos canons de batterie prirent position. »

de son entourage, donna l'ordre d'envoyer planter le drapeau sur le Rova de la Place.

« — C'est fait, mon général ! » dit le capitaine Bulot,
de la 3ᵉ compagnie de la Légion étrangère, en montrant
de la main un drapeau tricolore qui flottait en effet
depuis quelques instants sur la crête du Rova.

« Voici ce qui s'était passé. Dès que les Hovas s'étaient
mis à dégringoler leurs sentiers de chèvres, la 3ᵉ compagnie de la Légion, qui se tenait à l'arrière avec le
convoi, avait jeté sac à terre et, prenant le pas de course,
elle avait escaladé les escarpements, pénétré dans le
Rova, et hissé son drapeau juste au moment où les Chasseurs à pied arrivaient de leur côté. Nous trouvâmes dans
la ville et dans le Rova cinq pièces de canon, dont trois

Hotckhiss portant la marque de fabrique de Saint-Denis,
de nombreuses caisses de munitions sur lesquelles on
lisait encore l'adresse du sieur Shervinton, par Vato-
mandry, de la dynamite, de la poudre, et tout un stock
de Snyders, de fusils à piston et fusils à pierre; peu d'au-
très marchandises dans les magasins : quelques volailles,
nombre de cochons et une assez grande quantité de riz.
Nous pûmes en outre faire dans les champs avoisinants
une ample moisson de riz encore sur pied, dont les chevaux et les mulets se régalèrent.

« Mavetanana prise, l'occupation de Suberbieville n'était
plus qu'une simple formalité, Suberbieville étant commandée par Mavetanana à peu près comme Neuilly l'est
par le mont Valérien. Une surprise nous y attendait.
Étant donné que les troupes hovas sont tout ce qu'il y a
de plus irrégulier et de plus indiscipliné, nous pensions
trouver le village pillé, saccagé, détruit : au contraire,
les dégâts étaient insignifiants; le mobilier du personnel,
le matériel, l'outillage étaient presque intacts. Cette
exploitation de Suberbieville a déjà été pour nous une
base sérieuse d'influence dans le pays, et elle est destinée
à servir de point de départ à son extension progressive.
En attendant, elle rend au Corps expéditionnaire les plus
grands services, grâce à sa situation et au dévouement
intelligent du personnel. Depuis le représentant de
M. Suberbie, M. Guilgot, jusqu'au plus modeste de ses
agents, tous nous prêtent spontanément le concours le
plus empressé et nous fournissent pour notre marche en
avant, à travers un pays presque inconnu, les renseignements les plus précieux et que nous n'avions aucun
moyen de nous procurer. C'est surtout au point de vue

de la concentration des approvisionnements, la grosse
question de cette campagne, que Suberbieville va prendre
dès à présent une importance considérable. Nous allons
y organiser notre base de ravitaillement pour la marche
sur Tananarive, et en même temps y concentrer, avec les
points d'appui et de réserves en hommes et en vivres de
toute nature établis à Marovoay, à Ankaboka et à Marololo, la division échelonnée en arrière de nous depuis
Majunga. Du reste, les canonnières sont toutes montées
maintenant et fonctionnent régulièrement; leur point
d'attache est Ankaboka, sur la rive gauche du Betsiboka,
en face de Marovoay. De plus, mille à quinze cents voitures
sont en route, venant de Majunga; elles ont déjà dépassé
Ambato. A partir de Marololo surtout, d'interminables
convois circulent à la fois à dos de mulet par la voie de
terre, et par la voie fluviale sur les canonnières et d'innombrables pirogues. Aussi les tonnes de vivres commencent-elles à s'accumuler dans des porportions formidables à Suberbieville; il s'y trouve dès à présent plus de
cent mille rations carrées; mais si c'est assez pour nous
faire vivre pendant quinze jours c'est encore trop peu
pour que nous puissions nous porter en avant. Le
Général ne veut partir que lorsqu'il sera débarrassé de
toute inquiétude sur l'achèvement complet de la réunion
de l'approvisionnement en tout genre. Cela permet d'ailleurs aux troupes de se refaire par un repos prolongé;
et je vous assure qu'après la traversée des marécages
que nous avons laissés derrière nous ce n'était pas du
luxe. »

CHAPITRE IX

Le 14 Juillet à Suberbieville.

Quelques jours après, l'ancien hospitalisé de Maevasamba était si complètement remis à son service qu'il lui
semblait ne l'avoir jamais quitté. Redevenu très alerte
de corps et d'esprit, il attendait impatiemment l'occasion
de prendre une part active aux opérations; aussi accepta-
t-il avec joie l'offre que lui fit son général d'accompagner
une reconnaissance qui allait partir de Suberbieville
avec l'ordre de gagner Tsarasaotra, village assez important à quinze kilomètres environ, sur la rive droite de
l'Ikopa, et d'ouvrir ensuite la route vers Andriba.

Cette reconnaissance, commandée par le chef de
bataillon Lentonnet, comprenait la 6ᵉ compagnie du
régiment d'Afrique, une section de la 6ᵉ batterie d'artillerie et un peloton de Chasseurs d'Afrique.

Tsarasaotra occupé sans difficulté le 21 juin, le commandant Lentonnet s'y établit solidement, en se gardant
par une série de petits postes avancés. Le 28, un de ces

petits postes établis en avant du village, sur le chemin du
mont Beritsa, aperçut des groupes de Hovas qui essayaient
de s'approcher en se dissimulant; il tira sur eux quelques coups de fusil; puis, ne se sentant pas en force, il se
replia sur Tsarasaotra pour ne pas risquer d'être enlevé
pendant la nuit.

Le lendemain matin, à 5 h. 45, au moment où, sur
l'ordre du commandant Lentonnet, une section de cinquante hommes se rassemblait derrière les faisceaux pour
aller reconnaître les environs du village, les sentinelles
les plus avancées signalèrent du côté Sud un parti de trois
cents Hovas qui arrivait de l'Est en se glissant derrière les
replis de terrain. Aussitôt la section déjà rassemblée se
porta en avant de l'ennemi. Mais quelques minutes plus
tard, un autre parti de quatre cents Hovas se montrait du
côté du Nord-Ouest, pendant qu'un troisième groupe
ennemi prenait rapidement position du côté Ouest, for-
mant ainsi avec les autres un demi-cercle complet. Les
trois groupes se portèrent alors sur le village avec une
telle impétuosité qu'ils parvinrent du premier élan jusqu'aux gamelles où le café était en train de chauffer.

Le commandant Lentonnet ne disposait que de cent
cinquante fusils; mais c'était plus qu'il n'en fallait pour
donner une leçon aux douze cents Malgaches qui avaient
espéré nous surprendre et nous envelopper. L'attaque fut
repoussée avec vigueur, mais, dans l'action, nous eûmes
deux tués : le lieutenant Augey-Dufresse, de la 6° compagnie du régiment d'artillerie, frappé d'une balle qui lui
perfora le foie, et le caporal Sapin, également du régiment
d'Algérie, tué raide d'une balle en pleine poitrine. L'ennemi rejeté hors du village, le commandant Lentonnet,

Revue du 1ᵉʳ juillet 1895, à Suberbieville.

qui venait de recevoir deux compagnies de renfort, accourues de Behanana, petit poste intermédiaire entre Suberbieville et Tsarasaotra, à sept kilomètres de distance de
ce dernier point, prit l'offensive et poursuivit l'ennemi
l'épée dans les reins au delà de plusieurs kilomètres.

Avisé par le télégraphe optique de ce qui se passait,
le général Metzinger partit aussitôt de Suberbieville avec
trois compagnies du 40ᵉ bataillon de Chasseurs et une
section de la 16ᵉ batterie; et, après un *raid* admirable de
vingt et un kilomètres, par un sentier rempli de débris
de quartz qui rendaient la marche extrêmement pénible,
il atteignit Tsarasaotra dans la soirée.

Le lendemain 30, avec toutes ses forces, se montant à
neuf cents hommes environ, le Général se portait sur
l'ennemi qui occupait les crêtes du mont Beritsa avec
beaucoup de monde et deux pièces à tir rapide, excellentes et bien approvisionnées. Dès que nos soldats
furent à portée, l'artillerie hova, heureusement fort mal
dirigée, les couvrit de projectiles sans pouvoir arrêter leur
marche : c'était vraiment un beau spectacle que celui
de cette attaque menée sous un feu incessant avec un
calme et une précision admirables, sans riposter par un
coup de fusil. Arrivés à deux cents mètres, les Tirailleurs
se déployèrent et ouvrirent le feu avec une grande jus-
tesse, pendant que la section de la 16ᵉ batterie prenait
position à deux mille cinq cents mètres environ de l'ennemi, les trois compagnies de Chasseurs en réserve. Les
Hovas tombèrent en foule, mais sans lâcher pied ni cesser
le feu; cette fois, nous avions affaire évidemment à de
meilleures troupes qu'à l'ordinaire. Cependant il fallait
en finir. L'infanterie mit baïonnette au canon, les clai-

rons sonnèrent la charge, et les hommes, escaladant avec un entrain magnifique les crêtes du Beritsa, culbutèrent en un rien de temps les lambas blancs qui s'enfuirent précipitamment à travers la brousse, non sans qu'il en tombât un grand nombre dans un ravin qui leur barrait le chemin.

Arrivés sur le sommet du Beritsa, nos troupes furent tout étonnées de se trouver au milieu d'un double camp de deux cent cinquante à trois cents tentes chacun, ce qui permettait de fixer à quatre mille hommes au moins le chiffre des contingents ennemis. A la vue de toutes ces tentes, ce fut une course folle entre les Tirailleurs et les Chasseurs pour mettre la main sur les vivres et les munitions des Hovas; cette fois encore, les Tirailleurs arrivèrent bons premiers. Quelques traînards ennemis qui commençaient à incendier les tentes furent passés par les armes. Quant au butin, outre le drapeau de la Reine, un canon et quantité d'obus, il se composait d'un approvisionnement assez important en munitions et en vivres, plus quantité d'objets divers, toiles, chaussures de femme, etc.

Le combat n'avait duré que trois heures. De notre côté pas de tués, mais seulement sept blessés, dont le lieutenant Audierne et le capitaine adjudant-major de Bouvier, tous deux du 40e Chasseurs; le premier atteint légèrement et le second simplement contusionné. De son côté, l'ennemi laissait deux cents morts sur le terrain; le nombre de blessés était certainement encore plus grand, mais, comme ils avaient été enlevés suivant l'habitude constante des Hovas, leur chiffre ne put être apprécié que très approximativement.

Quoi qu'il en soit, l'ennemi nous avait opposé en cette circonstance une résistance à laquelle nous n'étions pas habitués; il avait même témoigné dans cette tentative de surprise d'un certain esprit d'initiative et d'une

L'Infanterie mit baïonnette au canon, les clairons sonnèrent la charge.

véritable habileté stratégique. L'explication fut donnée par les prisonniers. Informés par leurs espions que Tsarasaotra était faiblement occupé, les Hovas, commandés par un nouveau chef — un banquier de Tananarive nommé Rainianjalahy, qu'on avait bombardé général en remplacement de Ramasombazah, — avaient résolu d'essayer de reprendre le village, puis de marcher en force sur Mavetanana. Mais ils comptaient sans la vigilance du commandant Lentonnet, qu'ils espéraient surprendre, et sans la vigueur et l'énergie du général Metzinger.

Lorsque ce dernier rentra à Suberbieville, quelques jours après, faire son rapport au Général en chef sur l'affaire du mont Beritsa si brillamment menée, il y reçut des mains du général Duchesne, pour sa récompense, le brevet de Divisionnaire que le Ministre de la Guerre venait de lui notifier, par un câblogramme en date du 11 juillet.

Trois jours plus tard, c'était l'anniversaire du 14 juillet. Le Général en chef, désireux que ce jour fît trêve aux travaux et aux épreuves de tous, donna ordre qu'il fût fêté dans chaque poste et chaque cantonnement par une revue des troupes et une série de réjouissances dont l'organisation était laissée à l'initiative des hommes.

L'ordre fut exécuté avec un entrain patriotique sur les deux cents kilomètres de la ligne d'occupation, de Majunga au mont Beritsa, mais nulle part la célébration de la fête nationale n'eut plus d'éclat qu'à Suberbieville même, à cause surtout de la présence du Général en chef du Corps expéditionnaire et de l'État-major général.

Dès le 13 au soir, elle avait commencé par une retraite aux flambeaux qui avait parcouru la petite ville et le camp, entièrement décorés de lanternes multicolores. Le cortège, composé de militaires et de convoyeurs, porteurs de lampions, de lanternes, de pavois en verres de couleur, était précédé de clairons et de fifres, la *nouba* du régiment d'Algérie fermant la marche. La variété de teint et de costume des divers corps qui avaient fourni

leur contingent à cette retraite lui donnait un aspect original et curieux.

A neuf heures, le lendemain matin, le Général en chef
reçut dans la grande salle de la maison Suberbie, qu'il

Le général Metzinger.

habitait avec M. Ranchot, les officiers de tout grade pré-
sents à Suberbieville. La petite ville était brillamment
pavoisée; pas de maison, de case, ni de baraquement
qui n'eût arboré son drapeau; chacun avait tenu à mani-
fester en l'honneur de la fête nationale et s'était ingénié

à donner à sa manifestation un caractère pittoresque et amusant.

Comme toujours, la revue des troupes fut le clou de la journée. On aurait pu difficilement d'ailleurs imaginer une cérémonie plus émouvante dans sa simplicité. Certes les uniformes manquaient un peu de brillant, mais la tenue de campagne, sensiblement défraîchie, des hommes qui défilèrent devant le Général en chef avait bien son éloquence. L'allure crâne de nos troupiers, auxquels leur barbe de trois mois et leur visage hâlé donnaient l'air de vieux soldats, faisait plaisir à voir. Malgré l'absence à peu près complète de la musique (celle du 200ᵉ ayant dû être dissoute, la plupart des musiciens étant anémiés par la fièvre; et celle du 40ᵉ bataillon de Chasseurs à pied étant à Tsarasaotra avec le bataillon), le défilé, sonné uniquement par les trompettes du régiment d'artillerie, n'en marcha pas moins très bien. Avec leur blouse de toile bise et leurs grandes guêtres bleues, les Tirailleurs s'avancèrent dans un ordre parfait; la tenue des Chasseurs d'Afrique était également superbe. Le défilé des pièces de montagne à dos de mulet et celui du train avec les bêtes tenues en bride par les agiles et robustes conducteurs sénégalais — ceux de tous les coolies qui résistaient le mieux et faisaient le meilleur service — furent très curieux à voir.

Le déjeuner qui suivit la revue des troupes fut d'autant plus gai qu'en l'honneur de la solennité du jour l'ordinaire avait été plus soigné, grâce aux distributions supplémentaires de vin et de café.

Après la sieste de rigueur, les hommes se répandirent dans le camp pour prendre leur part des réjouissances

variées qu'avait organisées l'ingéniosité du lieutenant-
colonel faisant fonction de commandant de place et de
quelques autres officiers. Il y eut d'abord une « pêche
miraculeuse » à la dynamite dans un petit lac tout voisin
de la maison Suberbie; malgré son titre affriolant, cette
pêche fut plutôt maigre, de l'aveu général; mais les hautes

14 juillet. — Jeu de bague dans la grande rue de Suberbieville.

gerbes d'eau soulevées par les cartouches de dynamite
eurent beaucoup de succès. Puis ce furent des courses
de mulets montés par des Somalis et des Kabyles, des
fantasias d'allure fantastique, un jeu de bague installé
dans la grande rue de Suberbieville, c'est-à-dire dans
la belle et large route qui traverse la petite ville. Ce dernier « numéro » fut particulièrement réussi; les Chasseurs d'Afrique y trouvèrent l'occasion de faire valoir
leur adresse de cavaliers et la vitesse de leurs montures.
Plus loin, en face du quartier général, un jeu de tonneau

avait été installé, mais un jeu de tonneau qui n'avait rien de commun avec ceux qui font le plus bel ornement des « bouchons » de la banlieue parisienne; il s'agissait ici d'un barillet rempli d'eau et suspendu à une potence au-dessous duquel il fallait passer au galop d'un mulet en évitant de le renverser sur son dos; bien peu s'en tirèrent sans une forte douche, aux joyeux éclats de rire de la galerie.

Pour clôturer la fête, le Général en chef donna le soir une grande réception en plein air, sous la voûte d'un ciel magnifiquement étoilé et, après un petit speech patriotique prononcé d'une voix vibrante, but un verre de punch à la France et au Président de la République.

Cette journée où, suivant la formule consacrée, la plus grande gaîté n'avait pas cessé de régner un seul moment, fit assurément davantage pour remonter le moral des troupes et chasser les fièvres que toutes les pilules de quinine.

Le lendemain, à la première heure, le général Metzinger inaugurait sa troisième étoile en allant reprendre la marche sur Andriba, où il comptait arriver avant le 1er août.

CHAPITRE X

Une lettre de Henri.

A Suberbieville, le capitaine Gaulard avait retrouvé Henri Berthier, toujours attaché au service des renseignements de la 1re brigade; et tous deux avaient pu causer longuement de Maevasamba, de Marguerite et de cet original d'oncle Daniel, le plus grognon des hommes et le meilleur à la fois.

Vers la fin de juillet le général Voyron, commandant la 2e brigade du Corps expéditionnaire, la brigade de Marine, arriva pour prendre le service d'avant-garde avec ses marsouins, plus âgés et plus solides que les lignards et les Chasseurs à pied de la 1re brigade, et conséquemment moins éprouvés par la fièvre et la dysenterie. Il était certain que les troupes du général Metzinger n'en pouvaient plus; épuisées par les fatigues des travaux de la route, qu'on n'aurait jamais dû faire exécuter à des Européens, et par les stationnements prolongés dans des régions marécageuses, elles n'avaient eu pour se refaire

qu'une alimentation insuffisante et peu variée et, pour se
remettre des marches forcées sous un soleil de plomb, que
des nuits sans sommeil dans des tentes où la chaleur n'était
guère moins suffocante. La 2ᵉ brigade au contraire avait
beaucoup moins souffert ; elle formait une troupe superbe.
Son chef, le général Voyron, un des plus jeunes généraux
de l'armée, avait fait toute sa carrière dans l'Infanterie
de marine en Cochinchine, à la Nouvelle-Calédonie, au
Tonkin; très actif, très vigoureux, très alerte, il avait en
plus un don aussi précieux que rare, celui de se faire
aimer du soldat.

Le Général en chef l'attendait, disait-on, pour attaquer
la dernière partie de la marche sur Tananarive. Le bruit
commençait en effet à courir que, renonçant à pousser
la route plus loin qu'Andriba, le général Duchesne allait
concentrer sur ce point de grands approvisionnements en
vivres et en matériel, et organiser une colonne légère
avec les éléments les plus vigoureux et les plus résistants,
pour franchir sans arrêt prolongé les cent quarante-cinq
kilomètres qui séparent Andriba de la capitale hova. Ce
petit corps d'armée, auquel serait réservé l'honneur de
planter le drapeau de la France au cœur de l'Imerina,
compterait de trois mille cinq cents à quatre mille
hommes, forces très suffisantes pour faire face aux masses
plus ou moins bien armées que le gouvernement malgache
tenait rassemblées, disait-on, aux environs de Tananarive. Au surplus, la contrée à travers laquelle la colonne
allait avoir à se mouvoir était salubre, et ne réservait pas
à nos soldats les mêmes fatigues ni les mêmes dangers
que les régions traversées depuis Majunga.

En attendant, le mouvement sur Andriba se prononçait de plus en plus. Le 9 août, la brigade d'avant-garde arrivait en vue de Soavinandriana, où le général Duchesne la rejoignit le 21.

Deux camps hovas considérables, sous le commandement de deux généraux, Rainitavy et Rainianjalahi, défendaient les abords d'An-driba, assemblage de petits

Les deux camps avaient été enlevés.

villages situés sur un pic très élevé. Le 22, dès le lendemain de l'arrivée du Général en chef, par un habile coup de main, les deux camps étaient enlevés, et l'armée malgache se défilait avec une telle précipitation qu'elle abandonnait sur place vivres et munitions, armes, filanzanes, effets de campement, malles et cantines des officiers,

ainsi que les quelques canons sans affût qu'on avait
réussi non sans peine à hisser sur les flancs du morne
d'Andriba. Entraînés dans la fuite de leurs soldats, les
chefs durent se sauver à pied, à peine vêtus.

« Après l'attaque, raconta un prisonnier fait le jour
suivant, nous avons regardé de loin nos ennemis et
nous nous sommes aperçus avec étonnement qu'ils étaient
peu nombreux, peut-être deux cent cinquante; mais il
n'était plus temps de revenir sur nos pas. »

Des deux généraux hovas, l'un, Rainitavy, qui avait
déjà reçu une balle dans l'épaule au cours d'un précédent
combat, disparut au milieu de la bagarre sans qu'on ait
pu savoir ce qu'il était devenu; quant à Rainianjalahi,
on assure qu'il réussit à gagner Kinahy.

Andriba, évacuée précipitamment à la suite de cette
affaire, fut immédiatement occupée. Cette position, très
forte naturellement, commande la plaine et donne la clef
des plateaux qui s'étagent jusqu'aux plaines de l'Imerina.
Déjà, en raison même de l'altitude, la température
devient plus clémente et l'air plus sain. Désormais les
troupes allaient avoir beaucoup moins à souffrir.

Henri Berthier, par sa situation particulière à l'état-
major de la brigade d'avant-garde, se trouvait à même
d'être informé des premiers de ce qui se préparait; il
aurait donc pu en aviser aisément son oncle et sa sœur
Marguerite, si les communications n'avaient pas été si
difficiles. Plusieurs fois, cependant, il avait eu l'occasion
de faire passer à Maevasamba des lettres où il rassurait
les siens sur sa propre santé. Quant à celles de Marguerite
et de l'oncle Daniel, il en avait reçu un certain nombre,
bien que fort irrégulièrement; c'est ainsi qu'il avait appris

depuis longtemps la création de l'ambulance, puis la maladie et la guérison de son ami Georges Gaulard. En rejoignant son poste, d'ailleurs, le Capitaine lui avait raconté en grands détails et avec une reconnaissance attendrie les soins admirables que lui avait prodigués Marguerite.

« Elle m'a sauvé la vie tout bonnement! lui avait-il dit. Il n'y a pas de médecin, d'infirmier, de garde qui aurait passé des nuits comme elle à veiller à mon chevet et à m'empêcher, dans les moments de crise aiguë, de me jeter la tête contre les murs de ma chambre. Et avec quelle patience, quelle ténacité elle me forçait à avaler, malgré ma répugnance invincible, quelques cuillerées de lait ou de viande crue hachée! Ce n'est pas une fois, c'est dix fois, c'est vingt fois que je serais mort sans elle, sans ses soins de tous les instants! »

A la suite de l'occupation d'Andriba, un jeune lieutenant attaché également à l'état-major du Général ayant été envoyé à Marovoay auprès du colonel Palle, chargé du service des étapes, Henri profita de la circonstance pour faire parvenir à sa sœur une lettre où, entre autres nouvelles, il lui annonçait ce qu'il avait appris le matin même, à savoir que Ramasombazah, l'odieux et grotesque gouverneur du Boueni, le vaincu de Marovoay et de Mavetanana, l'homme enfin qui avait été l'inspirateur de l'assassinat de leur père, venait d'être exécuté lui-même à Tananarive par ordre du Premier Ministre. Après la prise de Marovoay, le triste sire, exaspéré de sa défaite et redoutant, non sans quelque raison, le courroux de Rainilaïarivony, avait cru très malin de rejeter toute la responsabilité des événements sur quelques

subalternes, qu'il avait fait décapiter sans autre forme de
procès et dont il avait envoyé les têtes à Tananarive.
Mais cet ingénieux stratagème n'avait pas eu tout le
succès qu'il en espérait. Quelques jours précisément avant
l'occupation d'Andriba par nos troupes, il était encore
tranquillement dans ce poste à la tête de ses hommes,
lorsqu'il reçut la visite de quatre *tsimondoas* — courriers
royaux — envoyés par le Premier Ministre pour s'emparer
de sa personne et l'emmener à Tananarive. Accusé d'avoir
livré Marovoay presque sans combat et d'avoir pris lâchement la fuite, au lieu de s'ensevelir sous les ruines de la
place après avoir mis le feu aux maisons, aux munitions
et aux approvisionnements, comme il en avait reçu
l'ordre, Son Excellence Ramasombazah, 14° honneur,
gouverneur général du Boueni, Général en chef des armées
de la reine, avait été condamné comme traître à être
brûlé vif; et immédiatement après la proclamation de la
sentence son exécution avait eu lieu dans un des faubourgs de Tananarive.

« Voilà donc, continuait Henri, le véritable assassin de
notre père châtié comme il méritait de l'être. Malgré
l'atrocité de son supplice, je ne me sens aucune pitié pour
lui; j'aurais volontiers porté mon fagot au bûcher sur
lequel il a péri. Bien que je n'aie été pour rien dans cette
trop juste expiation du plus abominable des crimes,
je me sens un gros poids de moins sur la poitrine,
et maintenant seulement je vais pouvoir me consacrer à mon service, le cœur complètement libre de
toute préoccupation. Depuis la disparition de Ramasombazah, nous avons déjà usé deux autres généraux,
Rainitavi et Rainianjalahy. Voilà qu'on parle maintenant

d'un nouveau Général en chef, nommé Rainianjanoro, un simple *tsiarondaty* — esclave de la couronne, — ce qui ne l'empêche pas d'être 12º honneur; on le dit intelligent et énergique, et on ajoute qu'il jouit d'un grand ascendant sur ses troupes; nous verrons bien; quand même il aurait personnellement quelques qualités de commandement, je le défie de donner un peu de cohésion à l'armée hova, recrutée parmi de pauvres diables plus faits pour manier la bêche que le fusil à tir rapide. Jusqu'à présent nous en sommes encore à attendre l'occasion de prendre un contact sérieux avec ces singuliers soldats qui n'ont d'autre préoccupation que de ne pas être coupés de leur ligne de retraite. Nos hommes sont enragés de ne jamais pouvoir se venger sur la peau jaune de ces Hovas, qui fuient sans cesse devant eux, de toutes les souffrances qu'ils ont endurées. Le matin, quand les clairons sonnent le boute-selle, ils croient toujours qu'ils vont aller au feu et ce sont des cris de joie : « A Tananarive! à Tananarive! » Que ne pourrait-on entreprendre avec de tels soldats! Et quel malheur d'être obligé de les laisser se consumer dans l'inaction! On assure que c'est à Babay que nos soldats se mesureront avec l'armée régulière de Ranavalo, laquelle armée comprendrait dix mille hommes. Ces dix mille hommes, Rainilaïarivony les encadrerait de tous les Hovas en état de porter les armes, dans l'espérance que la vue seule de ces masses profondes suffirait pour jeter l'épouvante au cœur de nos braves troupiers. M'est avis que le cher homme se fait encore de grosses illusions, s'il se flatte de nous empêcher d'entrer à Tananarive avec cette horde de va-nu-pieds armés de fusils à pierre et de sagaies.

Quant à l'état sanitaire de notre avant-garde, il s'amé-
liore sensiblement, à mesure que nous approchons des
hautes régions. Pendant le jour, le soleil est encore très
dur, mais les nuits sont fraîches, trop fraîches plutôt;
tentes, couvertures, vêtements, tout est insuffisant à certaines heures pour empêcher l'humidité de percer jusqu'à
l'épiderme; de sorte que l'on se surprend à souhaiter
impatiemment le retour de ce soleil qu'on a tant maudit
pendant le jour, pour réchauffer doucement ses rotules
trempées et ses épaules endolories. En somme, nos meilleurs moments sont de sept à neuf heures le matin, et le
soir de quatre heures et demie à six.

Personnellement je continue à me défendre énergiquement contre la fièvre, qui ne laisse pas d'exercer
encore quelques ravages autour de moi. Avec force tasses
de thé, quelques bonnes pilules de chlorhydrate de quinine tous les matins et de temps en temps un petit
vomitif, où même un petit purgatif bénin, bénin... on
s'en tire encore. Mais tout le monde, malheureusement,
n'est pas aussi raisonnable. Il ne manque pas de camarades pour déclarer que c'est encore moins ennuyeux
d'être malade que de se soigner : quand ils se sentent
pincés, ils se couchent et attendent patiemment la fin de
l'accès, après quoi ils vont se promener. Mais, pour
traiter la fièvre de cette façon cavalière, il faut avoir le
cœur bien accroché et ne pas se laisser anémier. Heureusement, le moral est toujours solide, d'autant plus
que la phase la plus mauvaise de la campagne, celle du
stationnement, est passée. Rien de décourageant, en effet,
rien qui pousse plus à l'affalement, que cette inaction
exaspérante où trop longtemps on a dû nous laisser.

Jamais une alerte, jamais une occasion de décharger son
fusil, sinon sur les caïmans qui pullulent dans le Betsi-

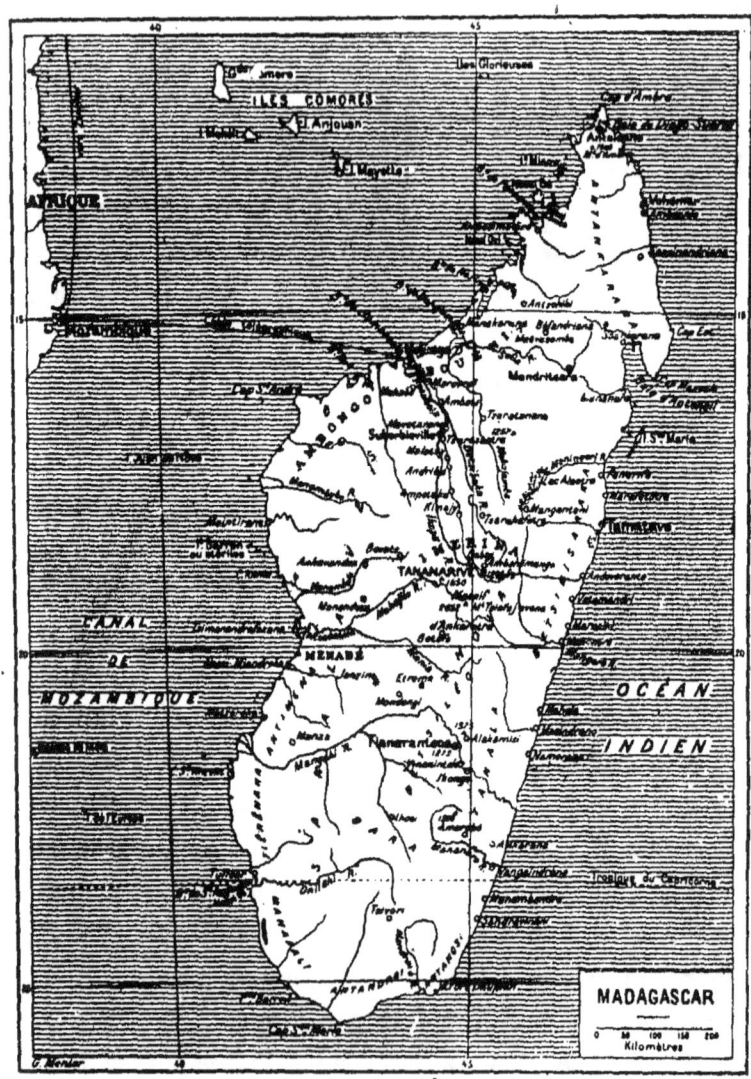

boka et ses affluents; il y avait de quoi perdre patience,
et les officiers de tout grade devaient se donner un mal

du diable pour remonter le moral de leurs hommes. Il
ne faut pas oublier toutefois que, quelque regrettables
qu'aient été ces arrêts prolongés à Majunga, à Marovoay, à
Suberbieville et à Andriba, ils étaient absolument forcés,
attendu qu'en se retirant les Hovas brûlent derrière eux
les villages, détruisent les récoltes, enlèvent les bœufs,
et tout ce qui pourrait servir à l'alimentation de nos
soldats ; le service des subsistances ne devait donc
compter désormais que sur les ressources de Suberbieville et de Majunga ; et, en s'avançant autrement qu'avec
une extrême prudence, on pouvait s'exposer à manquer
de tout. C'est égal, nous ne serons pas fâchés d'arriver au
bout de nos peines. Vous aussi, vous devez commencer à
trouver que la solution se fait bien attendre. Et encore
vous, vous pouvez vous rendre compte des obstacles qui
nous barrent le chemin ; mais en France, à Paris, on ne
doit rien comprendre aux lenteurs de notre marche en
avant ; on doit s'impatienter, s'inquiéter, pester, s'emporter même. Je les entends d'ici, ces stratégistes en
chambre, s'indigner, en arpentant le boulevard un bon
cigare à la bouche, contre cette expédition qui n'aboutit
pas. Comme on voit bien qu'ils ne connaissent pas le
pays ! Ils se figurent évidemment qu'il n'y a qu'à avancer
d'étape en étape, sur une route toute tracée, pavée même
peut-être. Je voudrais les voir se débrouiller un jour seulement avec nous. Enfin, espérons qu'une fois que nous
serons à Tananarive, ils daigneront reconnaître qu'après
tout cette rude campagne ne laissait pas d'offrir quelques
difficultés. Mais ne parlons plus de cela. Nous prendrions
encore notre parti d'être si injustement jugés dans les
cafés ou les cabinets de rédaction des journaux de la

métropole, si seulement notre ordinaire était un peu plus varié. Le bœuf sous toutes les formes, voilà le fond de notre cuisine. Chaque soir on nous sert un pot-au-feu monstre, où la julienne sèche joue le rôle du chou et des navets absents; après le bouilli, deuxième plat de bœuf, lequel est suivi d'un rôti de même nature. Et le lendemain, ça recommence. Certes, le bœuf est une viande excellente, mais à la longue elle devient fastidieuse; on vendrait sa part de paradis pour un gigot de mouton aux haricots; mais nous n'aurons de mouton que lorsque nous serons au cœur de l'Imerina. En attendant, c'est à qui s'ingéniera pour varier un peu la monotonie de notre éternel menu. Nous en venons à regretter les mercantis, qui nous ont si cruellement écorchés pourtant dans le Boueni. Quand je pense qu'à Marovoay un de ces estimables industriels, qui se disait de Marseille mais qui était plutôt Grec à moins qu'il ne fût Croate, nous faisait payer cinq francs un paquet de tabac de dix sous, et quatre francs cinquante un litre de vin qui valait soixante-quinze centimes à Majunga! De loin en loin des Sakalaves, plus ou moins suspects de maraudage, nous apportent des bananes, des canards, voire des tortues de l'Ikopa, qu'ils cherchent à nous vendre le plus cher possible; un sou et demi pièce les bananes, trois francs les canards, deux francs cinquante à quatre francs les tortues, suivant leur taille qui varie entre quarante et cinquante centimètres. Mais nous sommes bien trop heureux de couper par une légère variante la désolante monotonie de notre popote pour nous montrer difficiles sur le prix des denrées susdites, ni sur leur provenance. Tu vois qu'après tout nous ne nous laissons pas mourir de faim. C'est égal, m'est avis qu'au retour la cuisine de Maevasamba me paraîtra joliment savoureuse.

Allons! Il faut que je te quitte! Au revoir, à bientôt maintenant, ma chère Marguerite; donne-moi de vos nouvelles à tous le plus souvent possible; embrasse mon cher oncle; une bonne poignée de main au docteur.

Je t'embrasse,

Ton frère,

Henri. »

P.-S. « Georges Gaulard, sachant que je t'écris ce matin, me charge de te présenter, ainsi qu'à mon oncle et au docteur, ses affectueux et reconnaissants souvenirs, et de te dire qu'il se porte admirablement; pas la moindre petite rechute; pas le plus léger accès, et cependant il ne se ménage guère. Il paraît que tu l'as joliment retapé et que tu es la perle des infirmières! C'est à donner envie d'attraper quelque bonne fièvre, ou quelque excellente dysenterie, pour aller se faire soigner par toi. Malgré tout, si tu le permets, je me dispenserai de faire connaissance avec ces mauvaises bêtes de maladies, la plaie de Madagascar et la terreur du pauvre soldat ! »

CHAPITRE XI

Le premier mort de Marguerite.

Depuis que le capitaine Gaulard avait quitté Maevasamba, le personnel des hospitalisés de l'ambulance avait
été presque entièrement renouvelé. Cette fois, loin de
refuser au vieux Daniel de nouveaux pensionnaires, on lui
avait donné tous ceux qu'il avait voulus, d'autant plus
volontiers qu'il se chargeait lui-même de venir les chercher à Majunga et de les y reconduire après leur guérison complète, le tout à ses frais. L'encombrement des
malades et des indisponibles ne faisait que croître de jour
en jour à Majunga, malgré les rapatriements qui, presque
chaque semaine régulièrement, emportaient des charge-
ments entiers de fiévreux et d'anémiés.

C'était le corps du Génie qui fournissait le plus fort
contingent à ce lamentable stock de malades. Ce corps
du Génie méritera une page spéciale dans l'histoire de la
campagne ; le lieutenant-colonel Marmier, ses officiers et
ses soldats ont fait plus que leur devoir ; jamais on n'aura

assez d'éloges et, espérons-le, assez de récompenses, pour la somme d'efforts et de dévouement dépensée par ces braves gens au détriment de leur santé et de leur vie. Leur œuvre est une œuvre de géant. Sans parler de tous les ponceaux construits sur la route, des roches qu'ils ont fait sauter, de la brousse qu'ils ont déblayée, des marais qu'ils ont comblés, des pistes qu'ils ont élargies, des montagnes de terre et de détritus de végétaux en fermentation qu'ils ont remuées, il faut citer à part leurs trois principaux travaux, qui sont tout simplement des merveilles d'énergie patiente, d'habileté pratique et d'indomptable courage : le pont de Marovoay, celui d'Ambato et surtout celui du confluent du Betsiboka et de l'Ikopa.

Le pont de bois de Marovoay, d'une solidité à toute épreuve, est un pont de chevalets combiné avec des pieux dans sa partie médiane. Il a soixante-sept mètres cinquante de long et sa construction présentait d'autant plus de difficulté que la marée marne de quatre mètres sur la rivière de Marovoay. Pour enfoncer les pieux, le « mouton » étant tombé à l'eau antérieurement pendant l'échouage d'un chaland, on employa un moyen original : on disposa une plaque de fer horizontalement, et sur cette plaque on fit détoner de la mélinite, dont le choc enfonça les pieux très profondément.

Le pont d'Ambato, en travers de la rivière du Canoro, a cent vingt mètres de long. Détruit par un accident malgré sa bonne exécution, il fut refait avec une entière solidité.

Mais l'œuvre maîtresse du Génie dans toute la campagne, c'est le pont jeté un peu au-dessus du confluent du Betsiboka et de l'Ikopa, et qui n'a pas moins de trois cent soixante-sept mètres de long. On essaya d'abord du système des chevalets; mais on dut l'abandonner, le fond étant d'un sable extrêmement fluide. « Nous posions un chevalet avant d'aller manger la soupe », racontait un des rares soldats qui aient travaillé à cette étonnante construction sans en rapporter au moins la fièvre, « et quand nous revenions, plus de chevalet! Les sables avaient tout avalé. Il fallait alors passer sa vie dans l'eau jusqu'aux aisselles pour enfoncer les pieux à force, bravant les rhumatismes, sans parler des caïmans très nombreux dans ces parages; et trois cent soixante-sept mètres, vous savez, c'est long! » Depuis 1809, les annales militaires n'avaient rien enregistré de comparable à l'établissement de ce pont. Tous les jours, le nombre des travailleurs diminuait; les autres serraient les rangs et, se raidissant contre la fièvre et la souffrance, continuaient l'œuvre entreprise. On vit des officiers, des lieutenants et des capitaines, empoigner la scie et le marteau pour suppléer les soldats terrassés par la maladie, aider au transport et à la pose des matériaux de construction, et faire en même temps œuvre d'ingénieurs et d'ouvriers : ce simple fait ne montre-t-il pas éloquemment quelle solidarité existait entre tous ces vaillants du Corps expéditionnaire? Quand la besogne fut terminée, les survivants, dont le nombre était considérablement réduit, ramassèrent leurs outils et repartirent en avant, prêts à de nouveaux travaux, à de nouvelles épreuves; et, comme leur chef, un peu ému, leur disait adieu, avec ces simples mots : « Allez! mes enfants, et bon courage! — Merci, mon colonel, ça y est! » répondit d'une seule voix cette poignée de héros.

Je ne sais qui a dit : « Remuer le sol des régions inter-
tropicales, c'est y creuser sa tombe. » Or, jamais peut-
être, soldats n'avaient remué autant de terre sous les
tropiques. Cependant la triste parole ne s'est point véri-
fiée au pied de la lettre, en ce qui concerne ces vaillants
soldats du Génie; bon nombre, fort heureusement, en
ont été quittes pour fournir un contingent respectable aux
fiévreux recueillis par les hôpitaux installés à Ambato,
à Ankaboka, et à Majunga même.

L'ambulance de Maevasamba reçut pour sa part une
dizaine de ces modestes héros, et l'on pense de quels soins
ils furent l'objet dès leur arrivée.

Quelques hommes du 200ᵉ furent également confiés au
vieux Daniel et, parmi eux, un soldat nommé Nicole qui
avait servi d'ordonnance au pauvre colonel Gillon. Il était
déjà avec lui au 49ᵉ, à Bayonne ; et quand celui-ci avait
été désigné pour commander et organiser le 200ᵉ, il avait
emmené son ordonnance. A Lyon, à Marseille, pendant
la traversée, et enfin à Madagascar, Nicole n'avait point
quitté son colonel, et c'était lui qui l'avait veillé et assisté
jusqu'au dernier moment.

Ce brave garçon, assez gravement atteint lui-même,
était devenu bien vite le Benjamin de Marguerite. Très
doux, très timide, avec des yeux bleus et un soupçon de
moustache blonde, il semblait honteux de l'attention
vigilante et délicate dont il était entouré; jamais une
plainte, un mouvement d'impatience ne lui échappaient;
il fallait lui arracher les mots un à un pour le forcer à
avouer qu'il souffrait, qu'il avait passé une mauvaise
nuit, qu'il mourait de soif, etc. Marguerite parvint
cependant à apprivoiser la discrétion presque farouche

du pauvre Nicole : peu à peu il se familiarisa avec cette belle demoiselle qui, de ses mains blanches aux doigts effilés, lui tendait la tasse de tisane, ou remontait les couvertures jusqu'à son menton ; il finit même par la considérer comme une sorte de sœur aînée, lui racontant toutes ses petites affaires, qu'avant de partir pour le 49° il était employé chez un coiffeur de la rue Haute, à Saintes ; que, pendant la saison des bains, il allait aider ses parents qui tenaient un petit établissement avec une vingtaine de cabines, un café et un restaurant, sur la plage du Bureau, près de Royan ; ou bien il lui lisait les lettres de « la vieille » — comme il appelait sa mère, avec un accent de tendresse qui relevait la vulgarité du mot, — de bonnes lettres, pleines d'amour et de fautes d'orthographe, de recommandations touchantes dans leur puérilité pour se garer des balles de fusil et de la maladie, de questions sur l'époque de son retour, etc.

Après avoir traîné longtemps, il paraissait en bonne voie de guérison lorsqu'une complication, comme il s'en présente fréquemment dans les cas de ce genre, survint brusquement et l'emporta en moins de vingt-quatre heures.

Marguerite fut atterrée par cette mort, la première qui avait lieu à l'ambulance, et d'autant plus qu'elle était survenue inopinément, traîtreusement presque, au moment où l'on croyait le pauvre soldat tiré d'affaire. La jeune fille ne l'avait pas quitté d'une minute pendant ses dernières heures, écoutant le cœur serré les divagations du mourant qui n'avait déjà plus sa tête et racontait des histoires sans suite où revenaient son colonel ou ses camarades, et parfois aussi Royan et les villages des environs, Pontaillac, Vaux, Saint-Palais, Terre-Nègre, le bois de la Palmyre, la Grande-Côte. Le triste dénoûment s'étant produit au coucher du soleil, la jeune fille, après avoir fermé les yeux du petit soldat, aurait voulu le veiller toute la nuit; il avait fallu que son oncle et le docteur Hugon l'emmenassent presque de force.

Puis ce fut la triste cérémonie des obsèques, à laquelle on dut procéder dès le lendemain par précaution sanitaire. Toutefois on attendit que le Père de la mission de Befandriana fût arrivé à Maevasamba; c'était le même qui, l'année d'avant, avait rendu un semblable office à la mère de Marguerite.

Tout le personnel de l'ambulance, à l'exception de quatre soldats du Génie à qui leur état ne permettait pas de quitter le lit, tint à se joindre au cortège du pauvre Nicole. Le vieux Daniel, sans rien dire à personne, avait fait fabriquer des couronnes naturelles avec des fleurs et des feuillages enroulés sur des cercles de tonneau, et il en avait donné une à chacun des assistants, afin que le mort fût accompagné moins tristement jusqu'à sa demeure dernière.

En tête venaient deux enfants de chœur, improvisés avec deux garçonnets du village, au teint noir, aux pieds nus, portant l'un l'eau bénite, l'autre la croix; derrière eux le Père missionnaire, puis le cercueil recouvert d'un drap noir sur lequel on avait étalé la vareuse, le képi et le sabre-baïonnette du malheureux soldat. Quatre anciens bourjanes, ayant pour tout vêtement une ample tunique en toile bleue qui leur descendait jusqu'à mi-jambe, portaient le mort comme naguère ils avaient porté les vivants, sans un cahot, marchant du même pas, se

tenant deux à deux par les poignets et changeant
d'épaule de temps en temps comme pour un filanzane, en
faisant passer les brancards par-dessus leur tête. Enca-
drant ce groupe, huit malades en tenue de service, l'arme
basse, rendaient les honneurs. Immédiatement derrière
le cercueil, deux camarades de Nicole au 200° condui-
saient le deuil, portant chacun une couronne plus grande
que les autres; puis, s'appuyant sur sa canne, un lieute-

Les obsèques de Nicole, à Maevasamba.

nant du Génie, très faible encore, s'avançait, suivi de tous
les autres malades, et c'était un spectacle poignant que
celui de ces pauvres gens, pâles, minés par la fièvre, se
traînant péniblement sur leurs jambes chancelantes, et
qui semblaient se demander si ce ne serait pas bientôt
leur tour de suivre ce même chemin sur les épaules des
quatre bourjanes.

Derrière enfin venaient Marguerite, entre son oncle et
le docteur Hugon; et bon nombre d'habitants du village,
attirés par la curiosité et la solennité du spectacle.

Au commandement du lieutenant, le cortège s'arrêta
devant une fosse creusée à l'avance par les soins de

Daniel, non loin de la tombe où reposaient déjà Michel
Berthier et sa femme. Le père lut les dernières prières,
puis il bénit le corps et jeta la pelletée de terre, dont
l'écho retentit sinistrement au cœur de tous.

Agenouillée dans l'herbe, Marguerite sanglotait, la
tête entre ses mains; la triste cérémonie réveillait en elle
une source de chagrin qui n'avait pas encore eu le temps
de tarir.

Cependant, les bourjanes s'étant écartés sur un signe
du lieutenant, les autres assistants s'approchèrent, et, au
milieu d'un silence émouvant, l'officier prononça quelques paroles d'adieu :

« Victor Nicole, tu as été un bon soldat, un fidèle et
dévoué serviteur de ton pays. Repose en paix dans le
repos éternel; car c'est pour le service de la France que
tu as souffert et que tu es mort. Tu emportes dans la tombe
l'estime de tes chefs, l'affection de tes camarades et celle
des généreuses personnes qui ont entouré de soins tou-
chants les dernières journées de ta vie. Victor Nicole, au
nom de ta famille absente, au nom de tes camarades du
Corps expéditionnaire, je te salue et je te dis : Adieu! »

A tour de rôle, Marguerite, Daniel, le docteur Hugon et
les malades défilèrent en jetant l'eau bénite sur le cercueil. La fosse fut ensuite comblée, et par-dessus on
entassa les couronnes qui formèrent un tertre de fleurs
et de verdure. Puis tout le monde reprit le chemin de
l'ambulance, lentement et tristement, par petits groupes.

CHAPITRE XII

Rencontre inattendue.

Le 14 septembre, à cinq heures et demie du matin, le premier échelon de la colonne légère quittait ses cantonnements de Mangasoavina, au sud de la plaine d'Andriba, sur les bords du Mamokomita, et se mettait en route pour ne plus s'arrêter qu'au milieu de la place d'Andohalo, au cœur de la capitale hova.

Pour donner satisfaction dans une certaine mesure aux différents groupes du Corps expéditionnaire, le Général en chef avait composé la colonne avec les éléments les plus valides pris par moitié dans les troupes de la Guerre et par moitié dans les troupes de la Marine : Légion étrangère, régiment d'Afrique, Tirailleurs malgaches [1], 40° Chasseurs et 3° bataillon du 200° de ligne (ce dernier, dont l'effectif était réduit à cent hommes, avait reçu cinq cents hommes de renfort venus de France), Artil-

[1] Ce bataillon, qu'on appelle souvent « les Tirailleurs sakalaves », ne renfermait pas un seul Sakalave dans ses rangs, mais des indigènes de Nossi-Bé, de Mayotte, de Sainte-Marie et des Comores.

lérie, Infanterie de marine, Chasseurs d'Afrique, etc.
Malheureusement, il avait bien fallu limiter le choix des
hommes et des officiers, et faire ainsi nombre de mécon-
tents. Tout le monde aurait voulu être du coup de collier
de la fin et prendre sa part de la prise de Tananarive.

Plus de route! Plus de voitures Lefebvre! La colonne
légère emportait deux mille cinq cents mulets de bât, des
troupeaux de bœufs et deux cent quarante tonneaux de
vivres, de façon à ne pas être obligée de s'arrêter en
route, autrement que pour les repos réglementaires.
Comme on n'a pas voulu laisser les *impedimenta* en
arrière, la marche se poursuivra assez lentement, mais
méthodiquement, étapes par étapes, sans que sa durée
d'après les calculs les plus rigoureux puisse dépasser
vingt jours au maximum; c'est-à-dire que les cent quarante-cinq kilomètres qui séparent Andriba de Tananarive seront franchis avant la fin du mois, et que le
1ᵉʳ octobre le drapeau tricolore flottera sur la terrasse du
Palais de la Reine.

Les reconnaissances envoyées le 7 et le 10 pour
recueillir des renseignements sur les intentions de
l'ennemi avaient rapporté qu'il était fortement retranché
à Tsinainondry et à Ampotaka. Tsinainondry (boyaux
de chat) est un défilé dans la vallée du Firingalava, qui
eût pu arrêter nos troupes s'il avait été défendu par des
soldats dignes de ce nom; mais, heureusement pour
nous, avec les Hovas, les Sakalaves, les Makoas, fussent-
ils armés des fusils et des canons à tir rapide que nos
bons amis les Anglais se sont fait une joie de leur fournir
(à beaux deniers comptants, bien entendu), ce danger
n'était pas à craindre.

Attaquées sur trois points à la fois, le lendemain matin avant le jour, par la Légion étrangère, le Régiment d'Algérie et les Tirailleurs malgaches, les crêtes qui dominent le défilé furent enlevées brillamment; et les Hovas, mis en pleine déroute, laissèrent sur le terrain quatre-vingts morts et un canon, tandis que nous n'avions que trois blessés sérieux, deux Légionnaires et un Tirailleur malgache. Le premier échelon coucha sur les positions et poursuivit sa route le lendemain dans la direction d'Ampotaka.

Attachés tous deux à l'état-major du général Metzinger qui commandait le premier échelon, le capitaine Gaulard et Henri Berthier-Lautrec ne se quittaient guère, à moins qu'une affaire de service ne les séparât. C'est ainsi qu'après la prise de Tsinainondry, pendant que Georges Gaulard allait porter le rapport de son chef au général Duchesne, Henri continuait au contraire de marcher à l'extrême pointe de l'avant-garde.

Un peu avant l'étape, l'attention du jeune homme fut attirée soudain par un grand bruit de voix et d'éclats de rire qui partait d'une section du Régiment d'Algérie, à quelques pas en avant de lui; il se précipita et arriva juste à temps pour empêcher un Tirailleur de clouer sur le sol d'un coup de baïonnette un pauvre diable de noir affalé dans la brousse comme une masse inerte; son lamba était en haillons et sa peau disparaissait tout entière sous une couche épaisse de poussière et de crasse. Il paraissait aux trois quarts mort, et ce fut presque par acquit de conscience que Henri essaya de le ranimer, en introduisant entre ses dents une gorgée d'eau-de-vie. Après un long moment cependant le noir donna signe de vie, ses yeux s'ouvrirent et regardèrent à droite et à gauche avec une expression d'ahurissement complet ; mais ses lèvres, tuméfiées par le soleil et par la soif sans doute, se refusaient à laisser passer aucun son. Après des efforts laborieux, il parvint à remuer un bras et tira des profondeurs de son lamba un chiffon de papier que Henri lui prit des mains. C'était une carte de visite, toute souillée de sang et de boue, sur laquelle le jeune homme finit par déchiffrer, à sa grande stupéfaction, l'adresse suivante, écrite en français :

PIERRE PETIT ET FILS
Opère lui-même
Photographes de la Présidence
9, 11, 12, Place Cadet.

et, au bas de la carte, en plus petits caractères :

HECTOR LA BRETÈCHE, représentant,
38, rue de Clignancourt.

Examinant alors avec plus de soin l'étrange bonhomme, Henri reconnut que l'ensemble de sa physionomie et la forme de sa tête surtout s'éloignaient sensiblement du type malgache. Il appela son fidèle Naïvo, qui n'était jamais bien loin, et lui donna ordre de débarbouiller à fond le pauvre diable ; alors, sous la carapace de boue et de saleté qui le recouvrait, apparut un visage hirsute et fortement bronzé, mais qui incontestablement appartenait au type européen.

Un peu ranimé par ces frictions énergiques, l'homme, portant sa main à sa bouche, ébaucha le geste qui dans toutes les langues veut dire que l'on meurt de faim.

Henri, n'ayant pas autre chose sous la main, broya dans son quart de fer-blanc du biscuit mélangé avec des grains de café, mouilla la mixture d'eau additionnée d'alcool, et l'introduisit non sans peine dans l'œsophage durci comme de la corne du patient.

L'homme était affalé dans la brousse.

« Encore! » fut le premier mot que prononça presque distinctement l'affamé, d'une voix rauque.

Patiemment, Henri recommença sa petite cuisine et lui en fit avaler une nouvelle portion qui disparut comme la première, avec le bruit sourd d'une pierre qui tombe au fond d'un puits. Après quoi, se redressant sur un

coude, l'inconnu regarda Henri avec des yeux de chien
à demi noyé qu'on vient de retirer de l'eau, articula un
« Merci, monsieur ! » à peu près intelligible : puis brusquement il retomba dans un sommeil écrasant. Très
embarrassé de ce compagnon passablement gênant,
Henri ne pouvait pourtant pas l'abandonner, après l'avoir
sauvé une première fois de la baïonnette des Tirailleurs,
et une seconde fois de la faim qui le torturait ; d'autant
que, d'après les quelques mots qu'on avait pu lui arracher, c'était d'un Européen, d'un Français même qu'il
s'agissait. Les hommes de l'avant-garde avaient trop à
faire de se porter eux-mêmes, avec leurs armes et leur
sac, pour qu'on leur imposât la surcharge d'un corps
aussi lourd. Heureusement un mulet de bât étant venu
à passer à ce moment, Henri ordonna à son conducteur
de le débarrasser des deux caisses qu'il transportait et
de les charger sur ses propres épaules ; puis, avec l'aide
de Naïvo, il hissa tant bien que mal sur le dos de l'animal
le ressuscité toujours endormi, et l'on gagna de la sorte
l'étape, qui par bonheur était toute proche.

Ce fut le lendemain matin seulement que Henri put
enfin savoir à qui il avait sauvé la vie. L'homme était
bien un Français et son nom était bien Hector La Bretèche. Photographe de son métier, il était venu à Madagascar pour le compte de la maison Pierre Petit, avec la
mission de prendre un certain nombre de clichés, dont
le débit ne pouvait manquer d'être une source de bénéfices extraordinaires après la fin de l'expédition. A Tananarive, où il avait réussi à s'introduire, il avait jugé prudent de se faire passer pour un Anglais, ce qui lui était
facile grâce à sa parfaite connaissance de la langue de

nos voisins d'outre-mer; il avait pu ainsi prendre sa collection complète de clichés sans être inquiété, jusqu'au
jour où dénoncé par un confrère, un vrai Anglais celui-
là, il avait été obligé de quitter précipitamment la ville.
Heureusement, disait-il, il avait pu, avant de partir,
mettre tous ses clichés en lieu sûr et il comptait bien les
retrouver intacts après l'entrée de nos troupes dans
Tananarive. Quant à lui, il n'avait emporté en se sauvant
qu'un peu d'argent dissimulé de son mieux, et quelques
vivres. Naturellement, il était parti dans la direction
d'Andriba en prenant des précautions pour ne pas se
laisser voir; il calculait que le Corps expéditionnaire ne
devait plus être loin maintenant, et il espérait le rejoindre
avant d'avoir épuisé ses provisions de bouche. Mais il ne
se doutait pas des difficultés au milieu desquelles il se
jetait. Tout d'abord il avait eu beaucoup de peine à
éviter les troupes plus ou moins régulières qui battaient
la campagne aux environs de la capitale; puis, à mesure
qu'il s'était éloigné de Tananarive, il avait trouvé le
désert complet, les Hovas faisant le vide devant l'en-
vahisseur en brûlant les villages, détruisant les récoltes
et chassant fort loin les troupeaux de bœufs; de sorte
que, quand il avait été au bout de ses vivres, il s'était vu
dans l'impossibilité de les renouveler. Pour comble de
malheur, il avait rencontré à deux reprises différentes
des bandes de Fahavalos qui l'avaient brutalement
dépouillé de tout ce qu'il portait sur lui; c'était miracle
qu'il se fût échappé vivant de leurs mains. Mourant de
soif et de faim, il s'était traîné sur le sentier par où il
pensait que nous devions arriver, jusqu'au moment où il
était tombé, incapable de faire un pas de plus. Quand

Henri l'avait recueilli il n'avait mangé un grain de riz, ni bu une goutte d'eau depuis cinq jours.'

Cette rencontre inattendue pouvait avoir quelque intérêt pour le quartier général, en raison des renseignements qu'Hector La Bretèche se trouvait à même de fournir sur la situation actuelle de Tananarive, sur l'état d'esprit de la population et du gouvernement hovas, et sur les préparatifs de défense organisés aux abords de la capitale. Henri amena donc l'infortuné photographe au Général qui l'interrogea longuement.

D'après les dires d'Hector La Bretèche, le Premier Ministre était loin de s'attendre à ce que le Corps expéditionnaire pût dépasser Suberbieville. Il avait fallu la prise d'Andriba, pour lui ouvrir les yeux ; toutefois il se berçait encore de l'espoir que jamais les Français ne pénétreraient dans l'Imerina. « Ils sont arrivés, disait-il tout haut dans les *kabarys*, jusqu'au *Vavatany* (littéralement la bouche de la terre), mais ils sont encore loin du royaume d'Andrianampoinimerina, puisque plus de soixante-dix kilomètres les séparent encore du territoire des Vonizongo, la tribu hova qui occupe la frontière de l'Imerina. » Et cependant Rainilaïarivony a un service d'espionnage très sérieusement constitué, qui le tient au courant de tous les mouvements des troupes françaises, depuis le commencement des opérations ; mais il est tellement infatué de sa puissance que pour le désabuser il ne faudra pas moins que l'arrivée du général Duchesne en vue de Tananarive. Quant à la population, elle continuait à vaquer à ses occupations ordinaires le plus tranquillement du monde, le Premier Ministre ayant soin de l'entretenir dans une complète sécurité en faisant circuler

les bruits les plus extravagants. Tantôt c'était un soi-
disant télégramme apporté par un schooner américain,
annonçant que la guerre avait éclaté entre la France et
l'Angleterre, et que nos troupes, craignant de voir arriver
une escadre britannique, se rembarquaient précipitamment. Tantôt c'était un des généraux hovas qui, par une
manœuvre des plus habiles, avait attiré les Français dans
un piège, massacré deux mille hommes du Régiment
d'Algérie et repris Mavetanana de vive force. Ou bien on
venait de recevoir la nouvelle que le Génie hova avait
fait sauter une digue et que plus de mille soldats français
avaient été noyés. En même temps, pour exalter l'enthousiasme des *Mahomitas*, on tenait sur la place d'Andohalo de nombreux *kabarys*, pendant lesquels le Premier Ministre et ses secrétaires les objurguaient, avec des
flots d'éloquence intarissables, de ne point se décourager, leur promettant que pas un Vasaha ne sortirait
vivant de Madagascar; alors même que ces maudits réus-
siraient à s'approcher de Tananarive, ils seraient enveloppés, comme dans un immense coup de filet, par des
masses innombrables de guerriers venus de tous les
points de l'Ile. Mais, avant qu'ils arrivassent jusque-là, le
passage leur serait chaudement disputé à Kinajy et à
Maharidaza; si cela ne suffisait pas à les arrêter, ils
trouveraient devant eux, dans les environs de Babay,
trente mille hommes bien armés, à la tête desquels le
Premier Ministre et la Reine elle-même iraient se mettre.
Les Français fussent-ils quinze mille, comme un homme
vaut un autre homme, on les tuerait tous, et il resterait
encore quinze mille guerriers hovas pour rentrer triom-
phalement à Tananarive. Enfin, alors même que ces

misérables Vasahas trouveraient moyen d'éviter le
combat en prenant une autre route, rien ne serait
perdu; il suffirait, pour préserver la capitale, de l'entourer complètement d'eau, en rompant les digues de
l'Ikopa, pendant que la population se retirerait sur les
collines; on pourrait aussi faire de la ville un foyer d'épidémie, en y égorgeant plusieurs milliers de têtes de
bétail qu'on laisserait se décomposer. Tout cela, bien
entendu, n'était que hâbleries et vantardises; la menace
de rompre les digues de l'Ikopa, notamment, pour ensevelir les envahisseurs dans les flots d'une inondation,
était une pure absurdité, attendu qu'à cette époque il n'y
a pas un mètre d'eau dans la rivière, et que ce n'est
qu'en février, à la fin de la saison des pluies, qu'avec ce
stratagème on aurait pu jeter deux ou trois pieds d'eau,
tout au plus, dans les rizières qui entourent la ville.

En même temps la Reine et le Premier Ministre,
entourés des principaux fonctionnaires de la Cour, pas-
saient des revues fréquentes sur la place de Mahamasina,
et faisaient aux soldats des distributions de vêtements,
de vivres et d'argent. On exerçait aussi les recrues, les
artilleurs surtout, sous la direction du major Graves, le
seul officier anglais qui fût resté au service du gouvernement hova; les écoliers eux-mêmes consacraient six
heures par semaine au maniement de la sagaie et du
bouclier, les armes de prédilection du peuple malgache.
Mais tout cela n'avait rien de sérieux; selon toute pro-
babilité, le Premier Ministre ne songeait qu'à « sauver
la face », et le moment venu, il trouverait bien le moyen
de se réfugier avec la reine dans le sud, à Fiananratsoa,
par exemple, à moins que la population ameutée ne

Interrogatoire d'Hector La Bretèche.

s'oppose à leur fuite et ne les force à partager le sort qu'ils auront attiré sur elle. Quoi qu'il en fût, il était bien certain qu'à la Cour et dans l'entourage de la Reine régnait un désarroi absolu ; généraux, ministres, tous se rejetaient les uns sur les autres la responsabilité des événements ; la pauvre Ranavalo, laissée jusqu'à ces derniers temps dans l'ignorance la plus complète de ce qui se passait, ne savait auquel entendre. A l'armée même désordre et même irrésolution : il n'y avait ni plan, ni direction, ni unité de commandement ; les ordres les plus contradictoires, les plus grotesques, émanant de n'importe qui, arrêtaient et bouleversaient toute tentative raisonnée de résistance. La situation des officiers subalternes et des soldats était effroyable : point nourris, point payés, ils étaient menés à coups de canne au combat par leurs chefs. Les collines qui entourent Tananarive étaient fortifiées, mais les défenseurs de ces fortifications n'attendraient pas l'attaque ; dès qu'ils se verraient menacés d'être tournés, ils battraient précipitamment en retraite. Lorsque la colonne légère arriverait en vue de la capitale, il y aurait peut-être des coups de canon tirés par les artilleurs de Graves, toujours pour « sauver la face », mais quant à une défense sérieuse, à une lutte dans les rues, on pouvait assurer qu'il n'y aurait rien de semblable. Au premier obus à la mélinite, qui éclaterait dans la ville, la Reine demanderait grâce, Rainilaïarivony enverrait des parlementaires, et toute la tourbe des généraux, honneurs, officiers, soldats, disparaîtrait, s'évanouirait, comme une volée de moineaux.

C'est par cette conclusion rassurante qu'Hector La

Bretèche termina sa réponse aux interrogations du général ; celui-ci, en le congédiant, lui recommanda de se tenir à la disposition de l'État-major, pour servir de guide à l'avant-garde lorsqu'on atteindrait les environs de Tananarive.

CHAPITRE XIII

A Tananarive.

Tananarive, le 1ᵉʳ octobre 1895.

« Mon cher monsieur Berthier-Lautrec,

Enfin, nous y sommes! Nous sommes à Tananarive!
Mais d'abord et au plus vite un mot pour vous rassurer,
ou plutôt pour prévenir chez vous toute inquiétude :
Henri, votre neveu et mon ami, n'est ni mort, ni blessé,
ni malade. Si je vous écris cette lettre en son lieu et
place, c'est qu'aujourd'hui Henri est tellement pris par
son service qu'il n'a pas une minute de libre, et que,
d'autre part, étant chargé personnellement d'expédier la
grande nouvelle à Andriba et Majunga par un courrier
qui ne pourra partir que dans une heure, je me trouve
avoir quelques instants à moi dont je profite pour causer
à bâtons rompus avec vous de notre victoire. Oui, cher
monsieur Daniel, comme je vous appelais là-bas, la campagne est finie, la paix est signée. Ouf! nous ne l'avons
pas volé, après six mois de misères et de fatigues !

Mais je pense que vous ne serez pas fâché d'avoir quelques détails sur nos dernières opérations, sur celles qui ont préparé et amené l'occupation de Tananarive. Nous nous sommes amusés, Henri et moi, à consigner au jour le jour sur notre carnet des notes sur la marche de la colonne. C'est avec ces notes sous les yeux que je vous écris un peu à la diable, en vous faisant grâce des renseignements techniques qui n'ont de véritable intérêt que pour nous.

En partant d'Andriba le 14, le Général en chef avait fixé formellement à la fin du mois l'entrée à Tananarive. Or, hier 30, à six heures du soir, nos couleurs nationales flottaient sur la terrasse du Palais de la Reine. C'est vous dire avec quelle précision mathématique nous avons marché. Chacune de nos étapes a été franchie, à son heure, sans que rien ait pu nous arrêter, ni les obstacles matériels, ni l'ennemi. La colonne était d'ailleurs d'un entrain admirable. Nous ne nous tenions pas de joie, parce que nous sentions que la campagne était entrée dans une nouvelle phase, que désormais nous allions avancer vite et que la fin de nos misères était proche.

Notre première rencontre sérieuse avec l'armée hova eut lieu à Ampotaka, le 15. Cette fois, l'ennemi a mieux résisté qu'à l'ordinaire. Commencée à six heures, l'affaire ne s'est terminée qu'à midi, et par quelle chaleur! Comme presque toujours, nos dispositions d'attaque étaient deux mouvements tournants aidant une attaque centrale. Avec les Hovas, cette tactique réussit infailliblement; ils savent choisir d'excellentes positions défensives et les fortifier avec des épaulements et des retranchements, derrière lesquels ils tiennent assez bien; mais dès qu'ils s'aperçoivent qu'ils sont menacés d'être tournés et enveloppés, ils se replient immédiatement avec une telle précipitation qu'en un quart d'heure leurs innombrables lambas blancs disparaissent, s'évanouissent, s'évaporent comme par enchantement. Ce qu'ils redoutent le plus, c'est le *fafondro*, le canon. Rien ne les impressionne, ne les terrifie autant. Le premier coup de canon leur fait faire demi-tour, le second les met en fuite, le troisième transforme leur retraite en déroute. En se retirant, toutefois, ils prennent le temps d'incendier les villages, de façon à faire le désert devant nous; mais

De tous côtés des villages qui brûlent.

nous y sommes habitués et ne nous arrêtons pas pour si peu. Kinajy, Kiangara, Antanatébé brûlent; il n'en reste que des ruines fumantes. Pauvres diables d'habitants! Nous traversons une rivière le 17, avec de l'eau jusqu'à la ceinture. Le bain, après l'échaudement!

Le 19, nous arrivons devant les monts Ambohimena défendus par quatorze forts. Quatorze forts! et déjà la position est presque inaccessible naturellement. Si nous avions affaire à des troupes sérieuses, à des troupes comme les nôtres, jamais nous ne pourrions passer. Mais les Hovas, après avoir tiré quelques coups de feu, évacuent précipitamment la place, et se sauvent affolés.

De l'autre côté des monts Ambohimena, nous sommes en Imerina. Plus de hautes montagnes devant nous désormais, quelques petites collines seulement. L'air est plus vif, l'horizon plus ouvert, le sentier plus commode.

Nous repartons avec une nouvelle ardeur. Au loin, de tous les côtés, des villages incendiés qui brûlent. Quant à l'ennemi, il est toujours insaisissable. Complètement démoralisé, poursuivi sans relâche, il ne tient nulle part et se replie précipitamment sur la capitale. On nous avait parlé d'Ampotaka, de Kinajy, des monts Ambohimena comme de points de concentration des troupes hovas, où nous aurions de gros efforts à faire. Aujourd'hui on nous parle de Babay. Vous verrez qu'il en sera de Babay comme du reste.

Nous ne sommes plus qu'à soixante kilomètres de Tananarive; soit quatre étapes, entrecoupées de deux jours de repos pour permettre aux divers groupes de la colonne de rejoindre, de façon à marcher tous ensemble en formation de combat sur la capitale.

Le 26, à Sabotsy, affaire assez chaude; les balles pleuvent dru sur la place du Marché; mais ça ne dure pas. Dès que notre artillerie prend la parole, c'est fini, plus personne! Et pourtant il paraît que deux illustres personnages, Rasanjy, secrétaire du Premier Ministre, et Razanakombana, ministre des Lois, étaient descendus l'avant-veille de Tananarive pour prendre le commandement des troupes. Ils se sont fait reconduire un peu plus vite encore qu'ils n'étaient venus.

Quant à Babay, où nous devions nous heurter à des

masses innombrables de guerriers, il n'en est plus question. D'ailleurs, au lieu d'aborder la position de front,
nous avons préféré la tourner.

Tananarive n'est plus loin maintenant. En quatre
heures nous pourrions y être. Seulement il nous faudrait
traverser les rizières de Betsimitatra, qui entourent la
capitale, en restant constamment sous le feu de l'ennemi

Arrivée de l'artillerie devant Tananarive.

et par suite en risquant d'essuyer des pertes considérables. Le Général en chef s'est donc décidé à exécuter
autour de Tananarive une marche de flanc, pour gagner
la route du nord, la route d'Ambohimanga.

Bientôt une montagne isolée paraît au loin, et sur
la montagne on distingue des constructions, des amas
de maisons serrées les unes contre les autres. C'est
Tananarive! Henri, qui marche à côté de moi, reconnaît
et m'indique le Palais de la Reine et celui du Premier
Ministre. Encore quelques jours, et nous y serons. Une
grande joie nous soulève à la vue de cette capitale que

nous allons conquérir. Il y a encore un fameux coup de
collier à donner, mais c'est le dernier.

Du côté où nous l'abordons, c'est-à-dire à l'est, Tananarive est couvert par deux chaînes parallèles d'égale
hauteur, toutes les deux fortement défendues, et qu'il
s'agit d'emporter successivement. Le point culminant de
la seconde chaîne, celle qui est la plus rapprochée de la
ville, est Ambodidempona, où se trouve l'Observatoire
des Jésuites, qui domine et commande Tananarive. Une
fois là, la ville est à nous.

Le 29 au soir, l'ordre général pour la journée du lendemain commence ainsi : « Ensemble du mouvement :
Demain enlèvement des positions situées à l'est de Tananarive. Capitulation de la ville, ou assaut et entrée de
vive force. »

Il est cinq heures du matin. Les deux brigades
s'ébranlent à la fois, en combinant leur mouvement,
celle du général Voyron par le nord-ouest, celle du
général Metzinger par le sud. Avec une rare vigueur,
l'une et l'autre refoulent devant elles tout ce qu'elles
rencontrent. Vers le midi, la première ligne est enlevée
sans trop de difficulté. Après quelques minutes de repos,
marche en formation de combat contre la seconde ligne.
Les balles sifflent dru, mais on ne s'arrête pas pour si
peu ; et nous escaladons au pas de course le mamelon où
se dresse l'Observatoire. Le bataillon malgache y arrive
le premier, au moment même où les Hovas viennent de
l'évacuer en y laissant sept cents cadavres; les braves
Tirailleurs y trouvent un canon Hotchkiss et des munitions abandonnées et, tournant aussitôt la pièce contre
la ville, ils tirent coup sur coup.

Mais voici l'artillerie, la nôtre, qui arrive. Il est trois heures. Le bombardement commence. Les canons de la 1re brigade tirent sur le Palais de la Reine et ceux de la 2e brigade sur le Palais du Premier Ministre.

La ville riposte énergiquement. De partout, surtout de la terrasse du Palais de la Reine, les Hotchkiss, les tirailleuses Gardner, les canons-revolvers font rage. D'où nous sommes placés, Henri et moi, nous apercevons distinctement les barricades élevées dans les rues de la ville et, derrière les barricades, un grouillement de lambas blancs.

Patience! voici les obus à la mélinite, réservés pour la circonstance, qui entrent en danse. Le premier pénètre dans le toit du Palais de la Reine et entraîne le drapeau blanc à coin rouge qui disparaît; le second tombe sur la terrasse, noire de monde, où il doit faire un dégât énorme. Les coups se précipitent. Le feu de l'ennemi se tait, éteint par celui de nos trois batteries. On n'entend plus rien. Dans les rues, sur les terrasses, on ne voit plus personne, il semble que la population ait disparu subitement.

Le Général en chef envoie un prisonnier signifier aux autorités que si dans un quart d'heure, c'est-à-dire à 3 heures 45, aucun parlementaire ne s'est présenté l'assaut sera donné immédiatement.

Les dernières dispositions de combat sont prises. Les bataillons destinés à être lancés les premiers sont désignés : ce sont le bataillon malgache, le 2e bataillon du Régiment d'Algérie, le bataillon du 200e, le bataillon de la Légion étrangère, le 3e bataillon du Régiment d'Algérie, soit cinq bataillons en tout pour marcher sur une ville de quatre-vingts à cent mille hommes. Les chefs reçoivent leurs instructions. Tous les officiers ont le plan de Tananarive à la main.

Le moment est vraiment solennel. Les sonneries de clairon, répétées par les échos de la ville, vibrent au fond de tous les cœurs. Henri et moi, nous sommes avec le Général, derrière le 2ᵉ bataillon du Régiment d'Algérie; machinalement, nos yeux se fixent sur la porte de la ville qui est en face de nous, derrière laquelle c'est l'inconnu.

Il est 3 heures 40. Cinq minutes encore, et nous partons. Tout à coup, par la porte, débouchent au pas de course deux soldats hovas brandissant des drapeaux blancs; derrière eux, des filanzanes dans lesquels sont transportés sans doute les parlementaires qu'on n'attendait plus. Je braque ma jumelle sur le Palais, le pavillon de la Reine a disparu, et je vois hisser à sa place un drapeau blanc. Décidément c'est la ville qui se rend.

Aussitôt le feu cesse partout, et un soupir de soulagement sort de nos poitrines. Certes, tous nous étions prêts à marcher sous la mitraille; mais maintenant que tout est fini, nous ne pouvons pas nous empêcher de penser à la boucherie qui nous attendait peut-être dans cette ville bourrée de soldats armés, où chaque rue à pic, chaque plate-forme étaient garnies de mitrailleuses; et ce n'est pas sans un certain sentiment de bien-être que nous nous serrons les mains en nous disant que tout de même nous l'avons échappé belle.

Cependant le Général en chef renvoie les parlementaires; il en réclame d'autres plus qualifiés et munis de pouvoirs en bon ordre. Vingt-cinq minutes après, retour des parlementaires. Cette fois, ce sont des manières de personnages : Radilifera, fils du Premier Ministre, Andriamifidy, ancien ministre des affaires étrangères, et Marc Rabibisoa, deuxième secrétaire et interprète du Premier Ministre; ils apportent des pouvoirs en règle, qui leur permettent d'accepter les conditions du vainqueur.

Voici ces conditions : soumission absolue et sans réserve; entrée immédiate des troupes désignées pour l'assaut, avec cette assurance formelle que si, pendant l'entrée desdites troupes, un seul coup de feu est tiré, huit cents obus mettront immédiatement le feu aux quatre coins de la ville; et enfin désarmement des habitants et des soldats hovas, et envoi immédiat de courriers pour arrêter les hostilités possibles contre un convoi que nous attendons.

Les trois parlementaires signent sans observation les conditions susdites et regagnent la ville, où nous entrons sur leurs talons.

Les premiers qui pénètrent, clairons en tête, dans Tananarive sont les Tirailleurs du 1er bataillon du Régiment d'Algérie.

Immédiatement après eux viennent le général Metzinger, chargé de prendre possession de la ville avec le titre et les fonctions de gouverneur, et son état-major, dans lequel, bien entendu, nous figurons à notre rang, Henri et moi.

Derrière nous, les autres bataillons qui avaient été désignés pour l'assaut : Tirailleurs, Légion étrangère, 200e, etc.

La porte franchie, nous nous engageons dans les rues, d'affreux passages rocailleux, qu'il faut escalader à la force des jarrets. Les maisons et les terrasses sont pleines de Hovas, qui se découvrent devant nous avec un empressement respectueux plus ou moins sincère. De leur côté, comme du nôtre d'ailleurs, silence absolu. Que d'armes et de munitions! On ne voit partout que des fusils en tas, des barils de poudre, des mitrailleuses anglaises, belges et même françaises, etc. Un moment, nous sommes arrêtés par une barricade en maçonnerie, derrière laquelle s'ouvrent les trous noirs de deux canons-revolvers; il faut envoyer chercher des soldats du Génie pour y pratiquer une brèche. Enfin nous arrivons sans encombre sur la place d'Andohalo, où nous nous arrêtons. Henri, très fier de connaître la ville, m'en fait les honneurs; il me nomme au passage les principaux palais, la maison qu'il avait habitée avec ses parents, puis, sur la Place même, l'école des sœurs, la cathédrale catholique et la maison de M. Suberbie.

Il est six heures; nous sommes harassés de fatigue, mais ce n'est pas encore le moment de nous reposer. Le Général-gouverneur fait parvenir aux autorités l'ordre d'interdire absolument à la population de circuler pendant la nuit; puis il envoie les divers bataillons occuper les points importants de la ville. Ce n'est qu'à une heure assez avancée que nous sommes libres enfin de nos mouvements. Mais où aller? Nous nous logeons tant bien que mal dans un temple protestant, avec les bancs des fidèles pour lit et leurs coussins pour matelas. De vivres point; nous partageons fraternellement un biscuit, Henri et moi, et nous finissons par céder au sommeil; mais nous ne dormons que d'un œil, et de temps en temps je me lève pour aller voir si tout va bien. Mais, baste! une nuit de fatigue est bientôt passée, même après une

journée éreintante; nous dormirons mieux demain. On
n'a pas tous les jours occasion, n'est-ce pas? de coucher
dans une capitale conquise.

Le jour nous trouve déjà sur pied. A sept heures du
matin, nous nous portons au-devant du Général en chef,

Entrée de l'armée française à Tananarive.

qui doit faire son entrée solennelle à huit heures. Les
troupes, entrées la veille, s'échelonnent tout le long du
chemin que doit suivre la colonne, depuis la porte de
Tamatave jusqu'au Palais de la Résidence générale.
Huit heures! le général Duchesne, précédé d'un peloton
de Chasseurs d'Afrique, paraît, suivi de son état-major;
les clairons sonnent aux champs, les soldats portent les
armes; instinctivement tous les Hovas se découvrent.

Après avoir escaladé non sans peine les rues hérissées de barricades, la colonne défile devant le Palais de la Reine, traverse la place d'Andohalo et pénètre enfin jusqu'au Palais de la Résidence générale, où le Général en chef va s'installer. On hisse aussitôt le drapeau français sur le faîte du palais.

Le peu que j'ai encore vu de la ville, en revenant prendre mon poste, ne m'enthousiasme guère. Le Palais de la Reine n'est pas joli, joli, comme architecture, ni celui du Premier Ministre non plus. Les maisons des riches bourgeois hovas sont d'un style bizarre ; avec leurs balcons, leurs perrons, leurs carreaux de couleur, elles me rappellent les constructions en bois qu'on donne aux enfants, chez nous, pour les amuser. Quant aux autres, elles sont toutes semblables, bâties en terre rouge, avec un toit en chaume ou en tuiles. Cette couleur rouge est générale dans la ville et même aux environs. Tous les villages que nous avons traversés étaient rouges, les maisons comme le sol ; seules, les rizières égayaient un peu le paysage. Quelle différence avec nos villages français si clairs d'aspect, si riants avec leur entourage de verdure !

A midi, une partie des troupes quitte la ville pour aller camper sur une hauteur, à l'ouest, avec deux batteries dont les canons sont braqués dans la direction du Palais de la Reine, et sur une autre hauteur, à l'est, avec deux autres batteries, histoire d'appuyer l'action diplomatique.

Pendant ce temps, les plénipotentiaires de la Reine, Razanakombana et Rasanjy, se rendent auprès du Général en chef, qu'assiste M. Ranchot. A cinq heures, tout est convenu et le traité signé. La paix est faite.

En seize jours, comme l'avait dit le général Duchesne,
la colonne légère, après avoir livré huit combats et poursuivi sa route étape par étape, sans se laisser arrêter par
aucun obstacle, est entrée dans Tananarive et a imposé
la volonté de la France au gouvernement de la Reine.

Maintenant, quand redescendrons-nous à Majunga?
Quand rembarquerons-nous pour la France? Nous ne le
saurons sans doute pas avant quelques semaines. Quoi
qu'il en soit, je n'oublierai pas la promesse que je vous
ai faite, que je me suis faite à moi-même. La dette que
j'ai contractée envers vous et envers Mlle Berthier-Lautrec n'est pas de celles qu'on saurait jamais acquitter;
mais, avant de quitter cette terre de Madagascar, où
j'ai été si près de laisser ma vie, j'irai certainement vous
renouveler l'expression des sentiments de reconnaissance et d'affection que je vous garderai éternellement
à tous deux.

A bientôt donc, cher monsieur Berthier.

Votre très affectueusement reconnaissant,

GEORGES GAULARD. »

CHAPITRE XIV

Retour de Henri et du Capitaine.

La campagne terminée, Henri, jugeant ses services désormais inutiles, demanda au Général de lui rendre sa liberté. Le Général insista vainement pour le garder, se faisant fort de lui obtenir, par le général Duchesne, un poste important dans la future administration civile de l'île ; rien ne put le retenir, pas même les instances de Georges Gaulard, auquel il était attaché cependant comme à un frère, et dont il ne se sépara point sans de vifs regrets ; mais, la France victorieuse et les assassins de son père châtiés, il avait hâte de revenir à Maevasamba reprendre, pour ne plus les quitter, la direction et la mise en valeur de la concession Berthier-Lautrec.

Il profita donc du premier convoi de troupes que le Général renvoya à la côte pour y redescendre lui-même. Bien que la saison des pluies fût déjà commencée, son voyage de retour se fit assez rapidement, surtout à partir d'Andriba, où aboutissait la funeste route si chèrement payée de la vie de quinze cents de nos soldats.

Prévenu par une lettre de son neveu, Daniel était venu l'attendre à Majunga, et, sans lui laisser le temps de se retourner, il l'entraîna aussitôt à Manakarana, et de là à Maevasamba.

Ce fut avec une profonde et délicieuse émotion qu'après une si longue séparation Henri et Marguerite se retrouvèrent ensemble. La maison était encore pleine, du haut en bas, de malades et de convalescents; mais, après la rude campagne qu'il venait de faire, le jeune colon était déshabitué du confortable, et il déclara à sa sœur qu'il se contenterait parfaitement, et pour autant de temps que cela serait nécessaire, du moindre coin aménagé tant bien que mal dans une des dépendances de l'exploitation.

Vers la fin d'octobre, d'ailleurs, l'ambulance commença à se désencombrer; deux soldats du Génie et un caporal d'Infanterie de marine succombèrent presque coup sur coup, malgré tous les soins dont ils étaient entourés, et s'en allèrent rejoindre le pauvre Nicole sous les grands tamariniers du parc, à côté de la tombe de Michel Berthier-Lautrec et de sa femme; puis, les bâtiments affrétés pour le rapatriement du Corps expéditionnaire commençant à arriver en rade de Majunga, tous ceux des pensionnaires de Maevasamba qui pouvaient être transportés sans danger furent évacués successivement sur Manakarana et de là sur Majunga. Deux seulement, encore trop faibles, durent être gardés presque malgré eux pendant trois semaines; après quoi, l'ambulance se trouva dissoute par le fait.

Malgré cela, Marguerite ne voulut pas encore laisser partir son oncle, qui parlait d'aller remonter sa maison, quelque peu compromise par sa longue absence.

« Puisque vous avez donné six mois de votre temps
pour soigner des braves garçons qui ne vous étaient de
rien, lui dit-elle de sa voix la plus câline, vous pouvez
bien en perdre un de plus pour vous reposer et vous consacrer uniquement à votre aimable nièce, monsieur mon
très cher oncle. Vos affaires attendront encore un peu,
voilà tout. D'abord, vous êtes bien assez riche comme ça,
et quand vous gagneriez maintenant un peu moins d'argent, le beau malheur! »

Le vieux négociant adorait sa nièce et céda, comme
aussi le Dr Hugon, que Marguerite retint également,
malgré une belle résistance. Les deux hommes avaient
d'ailleurs pour rester un excellent prétexte, que la jeune
fille ne manqua pas d'invoquer : c'était celui d'aider de
leurs conseils et de leur expérience les efforts de Henri, qui,
dès la première semaine de son retour, s'était attelé à la
rude besogne de rétablir sur ses anciennes bases l'exploitation qui avait tant tenu au cœur de son père. Presque
tout était à refaire : les cultures, abandonnées à elles-
mêmes pendant près d'une année, étaient retournées à
l'état de nature; quant au personnel, on dut en recruter
un nouveau, ce qui n'alla pas sans de grandes difficultés,
l'ordre n'étant pas encore rétabli dans la région. Il ne
fallut pas moins d'un bon mois pour remettre toutes
choses en état de marcher. Quant à la maison d'habitation, minutieusement désinfectée par les soins du
Dr Hugon, elle reprit peu à peu son ancienne allure confortable et coquette; et Marguerite, après s'être montrée
six mois durant la plus infatigable des infirmières, rede-
vint l'experte et aimable maîtresse de maison, dont le
sourire et la jeunesse égayaient ce laborieux intérieur.

Un jour, le courrier, qui faisait maintenant trois fois par semaine le service de la poste entre Manakarana et Maevasamba, courrier établi, bien entendu, par l'oncle Daniel, apporta une lettre du capitaine Gaulard, annonçant à ses amis sa visite très prochaine, en exécution de la promesse qu'il leur avait faite de ne point rembarquer pour la France sans être venu prendre congé d'eux.

Depuis qu'ils s'étaient quittés à Tananarive, où son ami Gaulard, décoré à la suite de la campagne, était resté avec le général Metzinger, Henri avait déjà reçu plusieurs lettres dans lesquelles le capitaine le tenait au courant de ses faits et gestes, et qu'il ne terminait jamais sans revenir sur la profonde gratitude qu'il avait gardée de son séjour à l'ambulance de Maevasamba.

La nouvelle de son arrivée prochaine fit plaisir à tout le monde : à Henri, pour qui Georges Gaulard était resté mieux qu'un camarade, un ami; à l'oncle Daniel, qui avait conservé, lui aussi, une très vive affection pour l'officier, en dépit de leurs interminables discussions sur la façon dont la campagne avait été menée; à Marguerite, enfin, qui s'était attachée à son ancien malade, comme il arrive souvent, en raison même du dévouement qu'elle lui avait témoigné.

Il se trouva précisément qu'elle était seule à la maison avec les domestiques lorsque le visiteur annoncé descendit de son filanzane à la porte de l'habitation. Sa lettre ayant mis plus de temps à parvenir à Maevasamba qu'il n'avait calculé, on ne l'attendait que deux ou trois jours plus tard, de sorte que Henri et son oncle, partis dès le matin à l'autre bout de la concession, n'étaient pas là pour le recevoir.

Le premier mouvement de Marguerite et du Capitaine en se retrouvant l'un en face de l'autre, fut un vif mouvement de surprise; il semblait qu'ils eussent eu quelque

Le capitaine Gaulard est reçu par Marguerite.

peine à se reconnaître. Très crâne dans son veston à trois galons d'or, sa belle croix toute neuve sur la poitrine, Georges Gaulard ne rappelait guère le moribond qui, cinq mois auparavant, avait été apporté, inerte comme un colis, à l'ambulance. Quant à Marguerite, elle aussi avait changé singulièrement : c'était maintenant une vraie femme, avec le teint doré et les formes pleines d'un beau fruit mûr.

« Vous voilà! Vous voilà! s'écria-t-elle toute joyeuse, en accourant au-devant du jeune homme, le premier moment d'indécision passé. Comme c'est gentil de ne pas avoir oublié votre promesse! »

Tout ému de cet accueil affectueux, le Capitaine regardait la jeune fille, la gorge trop serrée pour pouvoir parler. Enfin un mot, le même qu'il avait dit naguère en revenant à la vie, lui monta aux lèvres, et, d'une voix tremblante, il murmura :

« Ma sœur! »

Plus troublée qu'elle ne voulait le laisser voir, Marguerite répondit en riant :

« Oh! mais, vous vous croyez donc toujours malade? Ce temps-là est bien loin. Il n'y a plus d'ambulance maintenant, plus de sœur infirmière! Ce qui n'empêche pas — ajouta-t-elle gentiment — que votre ancienne chambre vous attend toujours. Il faut même que j'aille y donner un dernier coup d'œil. Vous permettez? »

Puis, coupant court aux remerciements du jeune capitaine, elle se glissa prestement dans l'intérieur de la maison en lui criant :

« C'est mon oncle et Henri qui seront surpris quand ils vous retrouveront installé ici en rentrant! »

Encore tout penaud de n'avoir pas su mieux exprimer à Marguerite la joie qu'il avait eue de la revoir, Georges Gaulard monta à « sa chambre » et s'occupa de déballer les quelques menus bagages qu'il avait apportés avec lui, car il ne comptait rester que très peu de jours avec ses amis.

Une semaine après, il y était encore cependant, ses hôtes s'étant absolument refusés à lui permettre de partir aussi hâtivement. Lui-même, d'ailleurs, s'était laissé retenir d'autant plus volontiers qu'il avait pris tout de suite un intérêt très grand aux divers travaux de la concession, dirigés par Henri avec beaucoup d'intelligence et d'activité. Tout ce qu'il voyait dans ce coin de l'île lui montrait les ressources et l'avenir de ce beau pays sous un aspect tout nouveau, et il ne tarissait point en exclamations de surprise et d'admiration.

Cet enthousiasme inattendu du jeune officier donna à réfléchir à l'oncle Daniel, qui se mit aussitôt dans la tête de lui persuader de se fixer définitivement, comme eux et avec eux, à Madagascar.

Mais, aux premiers mots qu'il dit à Georges Gaulard, celui-ci l'arrêta net.

— Je n'ai guère que ma solde pour vivre, dit-il; et, si je quittais jamais l'armée, je serais obligé de chercher un emploi lucratif; à plus forte raison n'aurais-je pas d'argent à mettre dans une exploitation comme celle-ci, qui nécessite naturellement un fonds de roulement important, sans parler des frais de premier établissement qui doivent être considérables.

— Bah! l'argent, ça se trouve! répondit le vieux Daniel un instant déconcerté, car il croyait l'officier très à son aise. Vous avez bien des parents, des amis qui ne se feraient pas prier pour mettre des fonds dans une affaire étudiée sérieusement et forcément rémunératrice dans un avenir très prochain.

— Ma famille n'est pas riche. Pour toute fortune, mon père possède, sur la route de Blois à Bléré, un domaine qui me reviendra plus tard, puisque je suis fils unique et que je n'ai plus ma mère. Mais c'est plutôt une propriété d'agrément qu'une propriété de rapport, elle suffit tout juste à faire vivre son propriétaire. En supposant même que mon père ait mis quelque argent de côté, pour rien au monde je ne voudrais le lui demander. Quant à m'adresser à des amis pour solliciter d'eux un prêt que je ne serais pas sûr de pouvoir leur restituer, ou simplement une participation dans une entreprise dont les résultats pourraient ne pas répondre aux espérances fondées sur elle, cela je le ferais encore moins.

— C'est bien! c'est bien! N'en parlons plus! » conclut l'oncle Daniel, en rompant l'entretien avec sa brusquerie ordinaire.

. Mais le vieil entêté tenait à son idée, et ne voulait pas en avoir le démenti.

« C'est une combinaison à trouver, voilà tout! » se disait-il à lui-même, en poussant rageusement du pied les cailloux de la route.

Tout d'un coup il s'arrêta, et assénant, dans sa joie, un énorme coup de canne à un pauvre massif de fougères qui n'en pouvait mais, il s'écria :

« Mais je la tiens, ma combinaison! »

Puis, d'un pas vif comme celui d'un jeune homme, il reprit le chemin de la maison. Tout en marchant, des paroles sans suite lui échappaient :

« Est-on bête, mon Dieu!... Dire que je l'avais sous la main, mon moyen, et que je n'y pensais pas!... Est-ce que cela n'était pas tout indiqué?... Il n'y aurait peut-être même qu'à laisser faire... Ça irait tout seul... on n'aurait qu'à pousser un peu à la roue, par derrière, sans en avoir l'air... Seulement, si on ne s'en mêlait pas un peu, ça pourrait bien aussi traîner longtemps... Savoir pourtant si je ne me mets pas le doigt dans l'œil, moi, avec mes idées? Il faudrait avant tout s'assurer... Oui, mais comment?... Bah! en s'y prenant adroitement... Avec Marguerite surtout, ce sera bien le diable si je n'arrive pas à en tirer ce que je veux!... Quelle heure est-il? Deux heures. Bon! je sais où je vais la trouver. »

Et, faisant un détour savant du côté de la petite ferme où Marguerite devait visiter ses dernières couvées, l'astucieux Daniel s'arrangea de façon à se trouver brusquement en face de sa nièce; et tout aussitôt, sans lui donner le temps de se retourner, comptant précisément sur la surprise du premier moment pour provoquer une réponse non préparée :

« Dis-moi, mon petit, tu n'as pas encore songé qu'il faudra bien que tu te maries un de ces jours? »

Le petit stratagème de l'oncle Daniel réussit au delà de ses espérances; la pauvre Marguerite devint de toutes les couleurs, et c'est à peine si elle trouva la force de balbutier :

« Moi, mon oncle? Pourquoi me demandez-vous cela? Quelle drôle d'idée !

— Ah! voilà, continua Daniel en prenant un air mystérieux : c'est que je t'ai trouvé un mari, moi!... Chut! Il ne faut pas le dire; c'est entre nous. »

La recommandation était superflue, car l'enfant était hors d'état, pour le moment, de dire quoi que ce fût à personne, tellement elle était paralysée par l'émotion.

« Tu comprends, mon petit? poursuivait son bourreau avec un ton bonhomme. Tu ne peux pas rester fille indéfiniment. D'abord, moi je ne veux pas m'en aller de ce monde avant d'avoir eu les poils de ma barbe tirés par une légion de petits-neveux. Sois tranquille, je ne veux pas te jeter à la tête du premier venu. Le mari dont je te parle est un charmant garçon qui te plaira certainement; c'est en outre un homme de mérite, qui a fait ses preuves, un officier d'avenir.

— Un officier? murmura la fillette toute tremblante. Et... je le connais? » ajouta-t-elle, en cachant son visage sur la poitrine de son oncle.

Le brave homme hésita une minute; puis, avec une grimace qu'un physionomiste exercé eût pu traduire par ces trois mots : il le faut! il répondit en affermissant sa voix :

« Non. »

Aussitôt il se produisit comme un changement à vue : la jolie tête blonde, qui s'était blottie toute frémissante sur la vaste poitrine du vieillard, se redressa brusquement, et la pauvre Marguerite, dépitée, s'écria :

« Mais où prenez-vous que je veux me marier? Je n'y pense pas, je n'y ai jamais pensé. Et je ne sais pas pourquoi vous venez me parler de tout cela. Et puis enfin, vous êtes un vilain de me tourmenter ainsi! Je vous déteste! »

Et s'arrachant des bras qui la retenaient prisonnière, elle se sauva précipitamment pour ne pas laisser voir les grosses larmes qui ruisselaient sur ses joues.

« Va toujours, mon petit! pensait le vieux Daniel en la suivant des yeux; tu me remercieras plus tard. En

attendant, je sais ce que je voulais savoir. A l'autre,
maintenant ! »

Puis, comme il n'aimait pas laisser traîner les choses,
il partit immédiatement à la recherche du Capitaine. Il le
trouva avec Henri dans une vaste pièce de terre récemment défrichée, qu'on était en train de préparer pour y
mettre des plants de café de la Martinique. Passant son
bras sous celui de l'officier, il l'emmena sous prétexte de
lui faire voir une petite forêt de palissandres qu'il engageait son neveu à mettre en exploitation dès l'année suivante. Le bois consciencieusement exploré, le vieux
Daniel, démasquant ses batteries, dit à brûle-pourpoint
à Georges Gaulard :

« Ce n'est pas tout ça! Avez-vous réfléchi à ce que je
vous ai dit ce matin? Allons! un bon mouvement, mon
capitaine! Laissez-vous faire, que diable! Et je vous
réponds qu'avant dix ans vous serez millionnaire, tandis
qu'avec votre métier de meurt-de-faim, à quoi arriverez-
vous?

— Mais, mon cher monsieur Daniel, répondit l'officier
un peu étonné de cette insistance, je vous ai dit mes raisons.

— Vos raisons! Je m'en fiche pas mal de vos raisons.
Si j'avais écouté dans le temps les raisons qui m'em-
pêchaient, soi-disant, de m'établir à Madagascar, je ne
serais pas aujourd'hui à la tête d'une maison de commerce qui jusqu'à la guerre m'a donné bon an, mal an,
une jolie moyenne de soixante-quinze mille francs.

— Soixante-quinze mille francs! fit le Capitaine ébloui.
Mais, dites-moi, les événements ont dû jeter un grand
désarroi dans une entreprise de cette importance?

— Certes. C'est six mois au moins qu'il me faudra
pour remettre les choses au point. Aussi je me reproche
amèrement de m'être acoquiné si longtemps ici. Mais
que voulez-vous? Je me suis si bien habitué à me laisser
câliner et dorloter par ma petite-nièce que je me demande
comment je vais faire pour m'en passer. J'ai besoin d'entendre autour de moi son gazouillement d'oiseau, son
trottinement de souris. Et puis, je me sens trop vieux
pour recommencer à vivre seul, à travailler dans mon
coin comme un ours. Je ne peux pourtant pas abandonner
ma maison et tous les braves gens qu'elle fait vivre, sans
parler des bénéfices qu'elle me rapporte. J'aurais bien
un moyen d'en sortir, ce serait de passer la main à un
brave garçon, honnête et laborieux, qui m'offrirait des
garanties sérieuses. Oh! je ne serais pas difficile sur les
conditions, je vous prie de le croire. Mais j'y pense, au
fait. Pourquoi ne traiterions-nous pas ensemble? C'est
vrai; on cherche quelquefois bien loin... Savez-vous que
vous feriez admirablement mon affaire? Laissez-moi
parler. Je devine ce que vous allez me dire. Mais on peut
toujours causer, ça n'engage à rien. Supposez un instant
que nous nous arrangions ensemble. Je ne vous demande
pas d'argent comptant, puisque vous n'en avez pas. Vous
me réglez par annuités, après l'inventaire, en gardant, bien
entendu, un fonds de roulement suffisant. C'est une sorte
d'association que nous concluons ensemble. Je vous cède
la direction de ma maison, et je deviens votre comman-
ditaire. Vous me direz que vous n'avez jamais fait de commerce? Bah! Ce n'est pas la mer à boire, vous verrez!
Sans compter que je serai toujours là, en cas de besoin,
pour vous donner un coup d'épaule. Au surplus, la maison

est solide; dans les commencements, il y aura un coup de collier à donner; mais, une fois debout sur ses pieds, la machine roulera toute seule. Eh bien! voyons, est-ce dit?

— C'est sérieusement que vous parlez? demanda Georges Gaulard, un peu étourdi sous le flot de paroles du vieux Daniel.

— Tout ce qu'il y a de plus sérieusement.

— Mais c'est une fortune que vous m'offrez, à moi, que vous connaissez à peine?

— Je vous connais assez pour être certain que, si l'affaire est bonne pour vous, elle ne sera pas mauvaise pour moi; et c'est tout ce qu'il me faut. Donc, c'est fait?

— Pas encore. Je vous demande de me laisser réfléchir un peu.

— Bah! Qu'est-il besoin de tant de réflexions pour une chose aussi simple? Je suis très pressé d'en finir avec cette question de la reconstitution de ma maison. Je ne peux plus attendre.

— Encore faudrait-il que j'aie vu mon général, pour lui expliquer la situation, lui remettre ma démission, et...

— Entendu! Tout cela se fera en temps et lieu. Ce que je vous demande aujourd'hui, c'est de me dire que vous acceptez en principe.

— Quel homme terrible vous faites! Assurément, votre proposition est des plus tentantes.

— Laissez-vous donc tenter alors, ou plutôt laissez-vous faire heureux et riche. Croyez-moi, quand une occasion comme celle-ci se présente, il faut la saisir au vol.

— Il est certain qu'il ne s'en rencontre pas tous les jours de semblables.

— Enfin! Voilà une affaire faite! Ah! encore un mot. Vous n'avez pas de répugnance à vous marier, n'est-ce pas?

— Me marier, moi? fit l'officier avec un grand saut en arrière.

— Vous comprenez qu'un homme marié inspire plus de confiance. Dieu sait ce que j'ai manqué d'affaires pour être resté garçon!

— Plus j'y réfléchis, balbutia le Capitaine, plus je crois qu'il ne me sera pas possible d'accepter votre généreuse proposition. Mais je ne vous en garderai pas moins une bien vive reconnaissance.

— Allons, bon! Tout à l'heure, vous aviez l'air à peu près décidé, et maintenant voilà que vous renâclez. Ce n'est pourtant pas, j'imagine, la petite condition dont je vous ai parlé qui peut vous arrêter?

— Eh bien! si, justement. Je suis stupide, j'en conviens; mais le mariage me fait peur, et je crois bien que jamais je ne me marierai.

— Même avec ma nièce? demanda brusquement le vieux Daniel, en regardant bien en face le pauvre officier, qui faillit tomber à la renverse de surprise.

— Avec votre nièce? murmura-t-il. Comment? C'est avec Mlle Marguerite que vous... Mais...

— Je vais vous dire. Je n'ai pas d'autres parents, pas d'autres héritiers que Marguerite et Henri. Henri étant pourvu, et tout son temps occupé avec la concession de son père, je n'ai plus d'autre ressource que de donner un mari à Marguerite et de faire de ce mari mon successeur. Celui qui prendra ma maison devra prendre ma nièce en même temps, ce qui, après tout, ne me paraît pas une condition autrement désagréable.

— Désagréable! Vous vous moquez! Mais êtes-vous bien certain que Mlle Marguerite se laissera marier ainsi avec le premier venu?

— Avec le premier venu, non certes; car la petite a sa

L'oncle Daniel avait emmené le Capitaine.

tête; mais, avec le mari que je lui présenterai de ma main, peut-être. Au surplus, ceci me regarde. Ne vous inquiétez de rien.

— Qu'allez-vous faire? » s'écria le Capitaine inquiet.

Pour toute réponse, Daniel esquissa un geste vague,

et s'enfuit précipitamment du côté de la maison, où il
s'enferma dans son cabinet. Le vieux renard en était venu
sans trop de difficulté à ses fins, qui étaient de pénétrer
les sentiments du Capitaine et de sa nièce l'un pour
l'autre.

Le soir même, sans plus attendre, après une conférence
secrète avec Henri et le docteur Hugon, il engagea la
dernière partie, la partie décisive, de ses ingénieuses
machinations. Le café et la bouteille de vieux cognac
ayant été servis sur la table du salon, il tira gravement
de sa poche un projet de cession de sa maison de commerce en quatorze articles, dont il donna lecture à haute
voix, son lorgnon d'écaille à cheval sur son gros nez :

Entre les soussignés :

1° Daniel-Prosper-Étienne Berthier-Lautrec, négociant
propriétaire, à Manakarana, province du Boueni, Madagascar, d'une part, et

2° Marie-Alexandre-Georges Gaulard, capitaine breveté,
officier d'ordonnance du général Metzinger, chevalier de
la Légion d'honneur, d'autre part,

Il a été convenu et arrêté ce qui suit :

Article premier. Le sieur Daniel-Prosper-Étienne Berthier-Lautrec vend et cède en toute propriété au sieur
Marie-Alexandre-Georges Gaulard, qui l'accepte, sa
maison de commerce sise à Manakarana, province du
Boueni, Madagascar, et le domaine y attenant avec
toutes ses dépendances, magasins, dépôts de marchandises, etc.

Suivaient douze autres articles, où toutes les conditions de la cession étaient stipulées en grand détail, ainsi
que le prix convenu, le mode et les époques de paie-

ment, etc. Après, venait un quatorzième et dernier article ainsi conçu :

Article quatorze. Le sieur Marie-Alexandre-Georges Gaulard s'engage, et ce dans un délai de deux mois à dater du présent jour, à épouser la petite-nièce du sieur

L'oncle donna lecture du traité à haute voix.

Daniel-Prosper-Étienne Berthier-Lautrec, dénommée Marguerite-Marie-Jeanne Berthier-Lautrec.

Jamais coup de théâtre ne produisit un effet plus extraordinaire. Marguerite et Georges Gaulard, écroulés sur leur chaise, n'osaient plus lever les yeux, tandis que l'oncle Daniel, Henri et le Dr Hugon les regardaient tout attendris.

Enfin, au bout d'un moment, Daniel, s'approchant de

sa nièce, lui mit paternellement la main sur l'épaule en disant :

« En ce qui te concerne, mon petit, tu ne mets pas d'opposition à nos arrangements?

— Mon bon oncle chéri! » balbutia la jeune fille, en se jetant toute sanglotante entre les bras de l'excellent homme.

Se tournant alors vers Georges Gaulard sans quitter sa nièce, Daniel ajouta, en frappant un coup vigoureux sur sa vaste poitrine :

« Allons! mon capitaine, un peu de courage que diable! Il y a encore une place pour vous. »

Poussé affectueusement par Henri, Georges Gaulard secoua enfin le trouble qui l'étreignait, et se jeta à son tour au cou de Daniel; et ce fut là, sur la poitrine du vieux négociant de Manakarana, que les deux jeunes gens échangèrent leur baiser de fiançailles.

« Alors, reprit Daniel triomphant, lorsque l'émotion générale eut été un peu calmée, l'article quatorze est adopté sans opposition? »

Mais maintenant les deux fiancés, la main dans la main, n'écoutaient guère; ils n'avaient plus d'oreilles, plus d'yeux que l'un pour l'autre.

Afin de les laisser savourer à l'aise ces doux instants, les plus doux qu'il leur était peut-être réservé de rencontrer dans la vie, le vieux Daniel emmena Henri et le docteur Hugon à l'autre bout du salon.

« Eh bien! mon vieux Hugon, demanda-t-il au docteur, qu'est-ce que tu dis de tout ça?

— J'en suis aussi content que toi. Mais le diable m'emporte si j'avais vu que du feu à tout ce qui se mitonnait sous mes yeux! Ce que c'est pourtant que de vieillir!

— Quant à moi, dit Henri à son tour, je m'en doutais

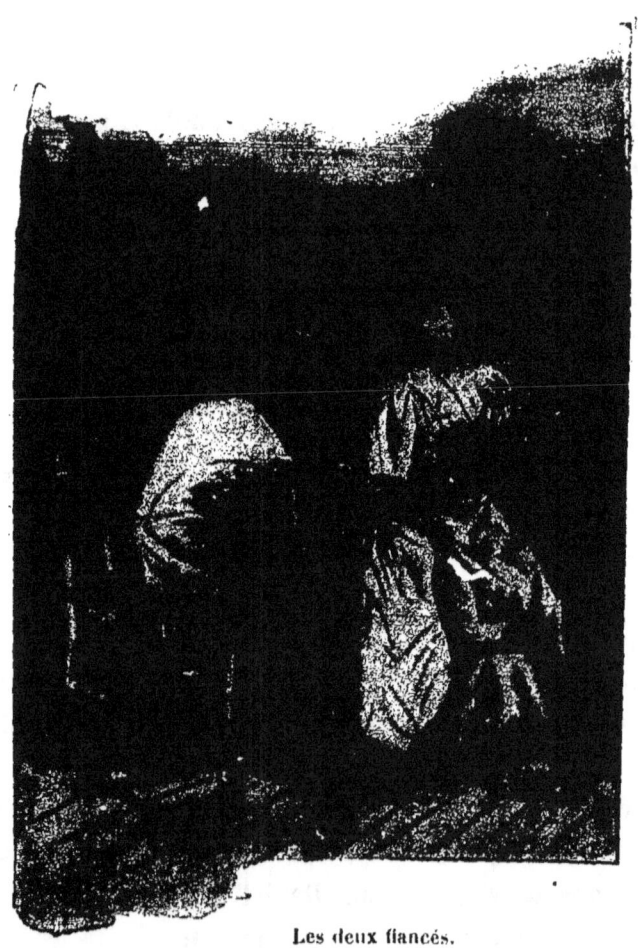

Les deux fiancés.

bien un peu, mais j'étais loin de penser que les choses en étaient à ce point. Ce qui ne m'empêche pas, du reste, d'être le plus ravi des amis, des frères et des neveux; car c'est la perle des beaux-frères que l'oncle me donne

là, et moi qui connais Georges Gaulard mieux que personne, je ne suis pas inquiet du bonheur de ma chère
Margot.

    — Et ce sera pain bénit! ajouta le docteur Hugon,
car si jamais fillette mérita d'être heureuse, c'est bien
celle-là!

    — Amen! » fit le vieux Daniel en jetant un regard
attendri du côté des deux amoureux.

CHAPITRE XV

Et l'histoire finit par un mariage.

Lorsque Georges Gaulard annonça à son chef, qui venait d'arriver justement à Majunga, son intention de donner sa démission pour se marier et se fixer à Madagascar, le général Metzinger insista vivement pour le faire revenir sur sa résolution, en lui parlant de la brillante carrière qui l'attendait dans l'armée; puis, comprenant qu'il se heurtait à un parti pris absolument arrêté, il finit par lui dire :

« Je vois que vous êtes tout à fait décidé, je m'incline donc; mais je veux que vous sachiez, mon cher Gaulard, que je vous regretterai toujours comme officier et comme ami. J'espère que, de votre côté, vous conserverez un bon souvenir de votre général et de la laborieuse campagne que nous venons de faire ensemble. Et maintenant, ce mariage? C'est pour bientôt, n'est-ce pas? Vous savez que j'embarque pour la France à la fin de décembre, et

je ne voudrais pas partir sans avoir pu assister à la petite
fête.

— Justement, mon général, répondit Georges Gaulard,
je voulais vous demander de me faire l'honneur d'être
mon premier témoin. »

Pour second témoin, Georges Gaulard choisit le plus
ancien de ses camarades, un capitaine breveté attaché
comme lui à l'état-major de la première brigade.

Quant à Marguerite, elle n'en voulut pas d'autres que
le brave docteur Hugon, son second oncle, comme elle
l'appelait, et un ami de Daniel, un excellent homme très
simple et très modeste.

Bien entendu, ce fut à Majunga, devant le vice-rési-
dent, que le mariage fut célébré, attendu qu'à Maevasamba, ni du reste à Manakarana, il n'y avait personne
qui pût tenir le rôle d'officier de l'état civil.

Ce fut un événement pour la petite ville, devenue d'ailleurs depuis l'ouverture de la campagne une station d'une
certaine importance. Georges Gaulard n'avait que des
camarades et des amis dans l'élément militaire, qui
tenait le premier rang à Majunga. De son côté, l'oncle
Daniel y était très populaire, depuis le temps que son
brick la *Ville-de-Paris* y faisait de régulières et fréquentes
apparitions. Aussi peut-on dire que le matin du mariage
de Marguerite et de l'ex-capitaine tout Majunga se pres-
sait dans la petite église des Jésuites; ceux qui n'avaient
pu trouver place à l'intérieur formaient devant la porte
un rassemblement si considérable que les mariés et leur
cortège eurent la plus grande peine à se frayer un passage jusqu'à l'autel. Marguerite eut un véritable succès
de beauté quand elle apparut au bras de l'oncle Daniel,

rayonnant de joie et d'orgueil dans un magnifique habit noir qu'il s'était fait faire pour la circonstance par Lewisson, le tailleur anglais de Majunga.

L'office achevé, ce fut, à défaut de sacristie suffisante, sur le perron même de l'église qu'eut lieu la cérémonie des présentations et des félicitations aux nouveaux mariés. S'approchant le premier de Mᵐᵉ Georges Gaulard, radieuse de bonheur aux côtés de son mari, le général Metzinger lui adressa, d'une belle voix bien timbrée qui remua profondément l'assistance, le petit discours suivant :

« Madame,

« J'ai tenu à vous apporter moi-même les vœux des chefs et des camarades de votre mari. Nous devrions vous en vouloir de nous enlever un de nos meilleurs officiers, qui ne laisse que d'affectueux regrets parmi nous; mais nous vous pardonnons, parce que nous sommes sûrs qu'il sera heureux avec vous et par vous; et aussi parce que nous savons qu'après avoir failli mourir pour la conquête militaire de Madagascar, il en poursuivra sous une autre forme et avec d'autres moyens la conquête morale, commerciale et industrielle, suivant en cela le noble exemple laissé par d'autres. Peut-être ne devrais-je pas, en évoquant ici de cruels souvenirs restés toujours vivants dans votre cœur, risquer d'attrister la joie d'un pareil jour? Et cependant, à une femme comme vous, Madame, on peut, on doit tenir un langage viril. Votre père, votre mère ont donné leur vie à cette terre de Madagascar, où ils étaient venus chercher une seconde patrie; et l'établissement qu'ils y avaient fondé sans marchander leur peine, ni leur santé, est un de ceux qui font le plus d'honneur à l'énergie et à l'esprit d'initiative de notre race. Courageusement, vous et votre digne frère — que je suis heureux de remercier publiquement ici des services dévoués rendus par lui au Corps expéditionnaire, — vous avez, malgré votre jeunesse à tous deux, repris et continué l'œuvre de vos parents, convaincus avec raison que c'était la meilleure et la plus noble façon d'honorer leur mémoire. Si de là-haut ils pouvaient suivre les destinées des êtres chers qu'ils ont laissés sur cette terre, ils se croiraient payés du sacrifice de leur vie en vous voyant aujourd'hui sur le seuil d'une existence nouvelle où vous êtes assurée de trouver le bonheur que vous méritez si bien, et que je vous souhaite de tout mon cœur. Il me reste un mot encore à vous dire, Madame. Permettez-moi de vous remettre mon cadeau de noce. Vous trouverez dans ce modeste écrin une croix de chevalier de la Légion d'honneur, que je vous laisserai le plaisir d'accrocher vous-même sur la poitrine loyale d'un homme que tous ici nous aimons et nous estimons, M. Daniel Berthier-Lautrec, votre oncle. »

Au premier moment, le vieux Daniel ne comprit pas. Mais quand Marguerite, les yeux pleins de larmes de joie, s'approcha pour épingler le ruban de la croix sur le côté gauche de son habit, aux applaudissements de la foule entière, il sentit ses jambes flageoler sous lui, un flot de sang lui monta au visage et, les mots s'étranglant dans sa gorge, il eut à peine la force de balbutier :

« La croix à moi! La croix!... Mais non; ce n'est pas

Le général Metzinger lui adressa un petit discours.

possible... Je n'ai rien fait pour cela... C'est une erreur, évidemment.

— Non, monsieur Daniel Berthier-Lautrec, ce n'est pas une erreur, reprit le Général. C'est bien pour vous que, sur ma présentation, le Général en chef a demandé au gouvernement de la République cette juste récompense du dévouement de tous les instants que vous avez montré à l'œuvre accomplie par le Corps expéditionnaire. Du premier jour jusqu'au dernier, nous avons trouvé auprès de vous le concours le plus actif, le plus intelligent, le plus désintéressé. Aux heures critiques du débarquement des troupes, vous avez mis à notre disposition tous vos bâtiments et votre nombreux personnel, sans vouloir accepter aucune indemnité. Puis, sous la généreuse inspiration de Madame, vous avez installé à vos frais cette belle ambulance de Maevasamba, où nos malades et nos blessés ont trouvé les soins les plus admirables. C'est au nom de tous ceux qui vous doivent la vie; au nom de leurs familles et de leurs camarades dont je me fais ici l'interprète, que je vous félicite et que je vous remercie. »

Sur ces mots, le général Metzinger donna l'accolade au nouveau chevalier; puis, serrant la main de Georges Gaulard, il s'inclina respectueusement devant sa femme et se retira.

« Décidément, murmura l'oncle Daniel en se penchant à l'oreille de Georges Gaulard, je ne serais pas éloigné de croire qu'après tout cette affaire de l'expédition n'a pas été si mal menée qu'on voulait bien le dire...

TABLE DES MATIÈRES

Avant l'Expédition.

Pendant l'Expédition.

Coulommiers. — Imp. Paul BRODARD. — 2034.

www.ingramcontent.com/pod-product-compliance
Lightning Source LLC
Chambersburg PA
CBHW071905020726
47502CB00003B/903